GOBOOKS & SITAK GROUP©

GOBOOKS
& SITAK
GROUP©

三日月書版

三日月書版

三日月書版
輕世代
FW230
Cage
偏

contents 目錄

楔子

雷禮在一片血泊中醒來，空氣裡都是鐵鏽味，他的衣服和頭髮既濕又黏，全部沾滿了血水。

雷禮的手裡握著一個冰冷的東西，他抬眼一看，那一隻冰冷的小手。五歲大的男孩躺在他身邊，臉上已經沒了血色，像個沉睡的陶瓷娃娃一樣。

雷禮的眼眶泛紅，他蜷縮起身子，難受地哽噎起來。而他身後則是躺著他的前妻，露西，以及露西的現任丈夫，他們交疊在一起，在血泊之上，恩愛地抱著對方。

插在他們脖子上的刀子上頭肯定有自己的指紋。雷禮想，然後他握緊了男孩的手，但他的體溫依舊不足以讓男孩的體溫回升。

他的同事們接下來會出現。雷禮努力想起身，但沾了血的皮鞋太滑，他狼狽地摔了一跤。

窗外傳來警車的鳴笛聲，一切就如他所預料的。

在他的前同事們拿著槍衝進屋前，雷禮放好小男孩的手，伸手摸了摸他的頭髮。接著他擦掉自己臉上的淚水，然後跪到男孩身邊親吻他的臉頰。

「放下你的武器！」外面的人喊著時，雷禮顫抖地將雙手放在頭頂，並且低頭，像在贖罪一樣。

不管是誰接手調查這件案子，他都會發現一個非常完美的犯罪現場，完美到讓雷禮沒有任何脫罪的機會可言。

雷禮思索著，下一步自己該怎麼辦？

第一章

雷禮的雙手被銬在一起，栓在桌上。

他說不出來這副平常被他放在腰間攜帶著的東西，咬在自己手上時變得多諷刺。

詢問室的小燈光照著他，讓他腫脹的眼睛一陣發熱。

雷禮本該沉浸在哀傷中默禱的，但他不明白為何，眼前體面的中年男人竟然能厚著臉皮，在他面前痛哭失聲。

「我和你好好說過了，我甚至哀求過你，要你別動他……但你做了什麼？回想一下，你做了什麼。」

灰髮的中年男人滿臉淚水，他遮著臉，不停啜泣，梳好的油頭則是狼狽地落了幾絲，和他平常在電視機上那高大體面、威風凜凜的政客形象差距極大。

警局裡的小訊問室，前刑警和政客在訊問桌對坐著，雷禮說不出來這畫面有多荒唐，眼前的中年男人哭得越悲痛，他就越覺得憤怒。

「羅倫斯……你明明知道你那私生子都幹了什麼好事！我一槍打死他，只是便宜到他，他理應受盡折磨而死！就像他折磨的那些女孩一樣！」雷禮一掌拍在桌面上。要不是他被銬在桌上，他鐵定會衝上前，狠狠揍對方一頓……

不，他會直接拿把槍上膛，一槍轟掉對方腦袋。

「閉上你的狗嘴！」

羅倫斯起身動手揍了雷禮一拳，因為雙手被扣在桌上的關係，他狼狽地摔了一跤，血從鼻腔裡流出。

但羅倫斯沒罷手，他抓住雷禮，一拳又一拳地痛揍他。

「那不過就是幾個女孩子而已！我們也給了家屬豐厚的慰問金……他也有悔意了，你到底憑什麼？憑什麼殺死他？他是個可愛的孩子……」

羅倫斯揍到一半停手了，他哭得如此掏心裂肺，雷禮都已經分不清楚濺到臉上的到底是自己的血液還是對方的淚水。

雷禮用手臂抹了把臉，吐掉口腔裡的血水。

「他如果有悔意，為什麼要在酒吧裡對女孩下藥？」

雷禮對著羅倫斯說，他很冷靜，冷靜得過於異常。「你知道當我找到他時，他正在對那些酒吧裡的年輕女孩做什麼事嗎？他毆打她們，性侵她們，給她們毒品！」

「我叫你閉嘴！」羅倫斯又揍了雷禮幾拳，但被他的助理攔住。

「議員，停手吧？別把事情鬧大，等等還要去見記者。」

羅倫斯眼底充滿怒氣，好不容易停手，雷禮卻對他繼續吼著：「我只是在做執法人員應該要做的事！你的兒子本來就該死！但我的孩子呢？你看看你做了什麼，我的孩子和露茜他們都是無辜的，你為什麼要殺他們？如果要替你的狗雜種報仇，你應該直接衝著我……」

雷禮的話還沒說完，就被羅倫斯一腳踹中腹部，羅倫斯連踹了好幾腳才肯罷手。

雷禮被踢得趴在桌上乾嘔，幾乎站不起來。

「這一切都是你自找的，雷禮，他們等於是你殺死的。」羅倫斯深呼吸著，他抹掉臉上的淚水，語氣冰冷。

雷禮跪在地上，雙手被束縛在桌面的他沒辦法痛快地趴下去，「還有，你也已經不是執法人員了，少露出那副正義凜然的蠢臉。」

羅倫斯接過助理給他的手巾擦了擦臉，接著他整整西裝和頭髮，除了那雙哭紅的眼睛外，他彷彿忽然又恢復成了電視上那形象良好、正直的市議員，什麼刑警開搶殺死性侵累犯的事情全都和他無關……

「你現在只是一個殺了自己兒子與前妻，還有她丈夫的可怕瘋子。」

當然，執法過當射殺一名嫌犯的刑警，因而心理壓力過大，找上前妻並且殺死他們一家的可怕消息，自然也和他毫無關係了……

「他們……是你殺的！」雷禮咳了幾口血，他努力撐住身體，並且不讓自己落淚。「你殺的……為什麼要這樣？你大可以直接殺了我就好……」

「不，雷禮……」羅倫斯注視著雷禮，眼神冷漠。「就如同你說的，有些罪大惡極的人，我們不該讓他死得如此輕鬆，與其一槍打死你，或送你去坐電椅，我認為讓你受盡折磨地活著會更令人得到安慰，我相信我的孩子也是這麼認為的——希望你永遠活在地獄裡，無論生前或死後。」

「羅倫斯！你不能這麼做，沒人會相信你的！總有人會查出事實，總有人會的！」雷禮激動地吼著，手銬將他的手腕勒出血痕。

「一個形象清明的政客，或是一個殘忍殺妻的瘋子刑警，你認為大眾會相信誰的話？」羅倫斯說，他的眼裡不再有淚水。「不，雷禮，一輩子，也不會有人相信你，因為你是個瘋子。」

「我沒有瘋！露茜他們是你殺的，你嫁禍給我！」

「不，我只是一個追求人道精神，幫助精神病患逃離死刑，得到他應有治療的議員。」

羅倫斯整好領帶，垂眼盯著雷禮看。「我們感謝你對市民長年來的奉獻，但是……該是退休接受治療的時機了，雷禮。」

「你不行……」

羅倫斯沒讓雷禮把話說完，他說：「我們會安排你到小鎮裡的私人病院裡好好接受治療，那是我一位老朋友資助的病院，能保證你不受到外界任何人的打擾。」

「羅倫斯！」

「放心，刑警，這家病院的治療手段很傑出，我相信他們會好好治療你的。」

在離開訊問室前，羅倫斯這麼說，他臉上甚至露出笑容。「現在，先容我去替你處理外面的媒體記者們，他們會很有興趣知道一切真相。」

「不！羅倫斯！羅倫斯！」

雷禮掙扎著，但那付手銬緊緊束縛著他，他盯著羅倫斯離去的背影，聲嘶力竭地吼著：「我發誓我一定會殺了你！」

幾分鐘後，那些被羅倫斯提拔的新警官們衝了進來，他們不顧雷禮的喊叫及解釋，把他壓制在地上，對待他的方式就像對待一個犯人……

或一個神經病。

幾個月前，羅倫斯找上了雷禮。

雷禮當時正在辦一件性侵殺人的案子，有個女孩被強暴、毆打並施打毒品後丟在路邊，然後就這麼死了。

雷禮將嫌犯鎖定在這幾個月剛出獄的一位年輕人身上，那位年輕人是個累犯，但不知為何，法官的刑期總是判得很輕，警局裡的其他人也不太愛理這件案子，甚至有長官要求他不要繼續追查下去。

雷禮一直對這件事十分困惑——直到羅倫斯找上他，他才明白為什麼。那個在政壇上很有名，意氣風發而且形象近乎完美的羅倫斯有個很疼愛的私生子，但為了不破壞形象，這件事一直被壓著，沒有跟外界透露。

那名私生子正好就是雷禮在追查的人。

羅倫斯帶著現金，約在他的辦公室會面，用他那張偽善的政客面孔，隱晦地請他不要再繼續追查這件案子，甚至連長官也出面施壓了。

現在想想，雷禮當時要是收下那筆錢，他也許可以提早好幾年退休，去過他的好日子了……

可惜雷禮在警界的脾氣和性子是出了名的硬和臭。

那時他看著桌上女孩的屍體照、嫌疑犯的照片，還有羅倫斯的臉，幾乎就確定了什麼，於是當場，他把現金推還給羅倫斯，並且告訴他：「案子要繼續追查，無論那個嫌疑犯是你的誰，也無論你是誰。」

羅倫斯當時的臉色有多難看，雷禮至今還沒能忘記。

這件事後，雷禮很快地收到了人事命令，準備把他調職到別州去，並且禁止他繼續追查這件事。

警方高層和羅倫斯的如意算盤打得很好，只可惜他們沒算到，雷禮在最後幾次出外勤時，正好碰上了羅倫斯那混蛋的私生子，而對方正在做案——當場讓雷禮逮到了現行犯。

羅倫斯的私生子打算逃跑，雷禮沒多想就追上去了。

他們八成很後悔沒有沒收他的槍……因為當羅倫斯的私生子拒捕，打算攻擊雷禮時，雷禮開槍了。

有足足兩秒的時間，雷禮可以選擇射擊那混蛋的膝蓋或肩膀，但最後他的準心偏了，命中了那傢伙的腦袋——那不是失誤。

這件事引發的效應會有多大，雷禮不是沒想過。他可能會丟掉他的工作、丟掉他的家產，但這無所謂，反正自從前妻帶著他們的小兒子離開他之後，他就一直是一個人，沒有任何家庭包袱，當流浪漢也能存活……

但要再讓其他女孩有受害的可能性？

這個單純想法讓雷禮做出了這樣的決定，太單純了，單純到他沒考慮到，這樣竟然會害死他的小兒子，以及小兒子所屬的幸福家庭。

「醒來，你的新家到了！」

有人甩了雷禮幾巴掌，雷禮才迷迷糊糊地從昏睡中清醒，他深吸了口氣，明亮的燈光刺得他張不開眼。他的腦袋沉重，渾身發軟，喉頭乾得像是吞了幾斤沙一樣，簡直與他發現露茜被殺害那天的感受相同——只差在這回他沒有從血泊中醒來，他的手裡也沒有那隻冰冷的小手……

雷禮甩了甩頭，眼前的畫面在旋轉，那些足以讓他昏睡的藥劑仍殘存在他體內，這讓他一陣反胃。

雷禮想坐起身子，但他發現自己沒辦法做到，因為他正穿著那種押解精神有問題的重刑犯的囚衣，他的雙手被束縛住，無法動彈，嘴裡則是塞著口箝，毫無發話權。

一陣震動讓雷禮意識到自己正在救護車裡，兩側有警察及醫護人員戒護著。

雷禮試圖看清楚窗外的景色，但車內的燈光太亮了，那讓他眼裡積滿淚水。

「醒來！我說過新家到了！」雷禮的耳邊有人吼著，刺得他的耳膜嗡嗡響。

車子一陣晃動後停下，他們打開車門，把雷禮從擔架上卸下。雷禮被兩位警察粗魯地駕著，他就像剛學步的小鴨，走路搖搖晃晃的，一倒地就會被再度架起。

車外的空氣十分冷冽，光線昏暗，四周瀰漫著霧氣，雷禮分不清楚現在究竟是什麼時候。上回他清醒時，人明明還在警局裡暗無天日的被拘留著，而這回，人卻已經到了精神病院門口。

警察們將他一路拖行，他們穿越圍籬，圍籬上方有個鐵鑄的門牌，被漂亮的藤蔓攀爬著，上面寫著──「晨霧之家」。

雷禮抬頭，一棟方正的巴洛克式建築就矗立在前方，埋藏於濃霧之中。

雷禮被一路拖行著，直到兩位穿著白衣服，屬於晨霧之家的醫療人員走來和警察換手為止。

醫療人員的個頭魁武且高大，怎麼看都比較像維安人員，雷禮被左右兩側架住，一旁還有幾個守衛隨行。

「可憐的傢伙，警察幹成這樣，最後還不是落得這種下場？」護送雷禮來的警察閒聊著，他們越走越遠。

雷禮出聲，他用盡力氣掙扎著，想吸引那些警察的注意，告訴他們自己沒瘋，但警察們只是轉頭看了他一眼後，又繼續向前走。

「所以啦，趕快退休。」他們笑鬧著離開。

雷禮則是被壓住腦袋，繼續往前帶。

晨霧之家的走廊又深又長，像沒底的隧道一般，雷禮回頭看了一眼外邊，守衛們卻把門帶上了，他被迫邁開步伐繼續往裡頭踏入。

駐院神父的辦公桌上放著一份報紙和文件，雷禮的照片在上頭，殺妻凶手這字眼就印在旁邊。

頭髮花白、身材高瘦的老神父坐在辦公桌前盯著報紙看，他的神情肅穆而莊嚴，看起來是如此的正直且光明磊落。

桌上的牌子寫著晏西這名字。

老神父翻著雷禮的檔案，頻頻發出哼聲。

站在老神父身旁不停提筆寫著筆記的，則是晨霧之家的駐院醫生，他戴著金框眼鏡，頭髮一絲不苟地梳在耳後，看上去比雷禮年輕幾歲。

年輕的駐院醫師的名牌上寫著莫洛，這是他的名字。

「……可能有狂躁或精神分裂以及妄想症的傾向，或許可以採取厭惡療法或電擊療法。」莫洛那雙灰色的眼珠盯著手上的病歷表，雷禮的病歷表，他向老神父報告著。「需不需要監禁？他殺了他的前妻和兒子，具有重度的危險性。」

雷禮的檔案似乎讓莫洛看得驚奇了，他的眼睛好久才眨一次，那雙淺色的大眼讓雷禮覺得對方看上去比他還像病患。

「我沒有瘋，那些不是真的！我要怎麼證明你們才會相信？這一切都是羅倫斯的詭計！」雷禮低聲吼著，他試圖解釋，但身旁的守衛往他後腦勺打了一掌，要他安靜。

莫洛看了雷禮一眼，他低下頭接著繼續寫他的東西。

老神父把報紙丟在桌上，他搖搖頭說：「不，費雪先生說只需要治療他，只有在他失控的情況下我們才需要監禁他……不然，要讓他融入我們的病患中，把他當成我們普通的病患一樣，不要虧待他。」

「這樣安全嗎？把這種人和伊凡放在一起，這似乎……」

「不用擔心，讓他定期服藥，他不會有什麼威脅性的……對不對，雷禮先生？」老神父看向雷禮。「費雪先生是這麼告訴我的。」

雷禮和老神父的視線交匯的瞬間，原先企圖要解釋什麼的雷禮忽然安靜了下來。

這幾年的刑警不是幹假的，雷禮對於分辨一個人話語裡的涵義向來很敏感。

費雪先生這個人雷禮並沒有聽過，但依照推測，很可能指的是晨霧之家的出資者，真正運作這整個機構的人——也就是羅倫斯口中的老朋友。

老神父如果和這位費雪先生交談過了，又能篤信他不會隨意傷害人，那麼……老神父或許根本不像他表面看起來這麼正派，他可能也不是真正的神父也說不定。

私人建置的精神病院，背後的運作者及執行者有多糟，這個政府不會管，有個可以放置社會上麻煩問題的地方，他們高興都來不及了，更不可能干涉其合法性。

這也表示，晨霧之家裡的人員可能從裡到外都是這位費雪先生的人，也就是說，都是羅倫斯的人。

羅倫斯沒有讓他進去公立的監獄，那對他來說太好過了，所以他把他放進了他的私人監獄裡——一間精神病院！

「你知道羅倫斯設局陷害我……」雷禮說，他張大眼，第一次明白事情的嚴重性，他質問老神父：「你知道這件事，對不對！」

老神父看著雷禮，沒有說話。

那種冷漠的眼神讓雷禮更肯定了，他不確定老神父究竟知道多少事情的真相……但他明白，最重要的事，老神父一定都知情。

兩個禮拜前的晚上，雷禮被拔了官，原因是他射殺了一位被當場逮到的現行犯，執法過當——但這不是真正的原因，知情的人都知道，這種懲處太過嚴重了，所以很明顯是衝著雷禮來的。

然而這一切都是可以預料的，買通上層讓他被革職，羅倫斯為了他的私生子所能做的報復，大概也就僅止於此了。雷禮當初是這麼以為的。

沒了工作也不要緊，回去鄉下雷禮也可以找份粗活做，他沒有太多包袱，所以只要養活自己就好，但唯一讓雷禮最在意的——是他和前妻露茜的小兒子，泰勒。

雷禮並不想離開小兒子，太遠的地方會不方便他探視他那正值活潑好動年紀的小兒子，為了小兒子，有很多需要考慮的事。

所以那晚，雷禮約出前妻，去家裡附近的小酒館談談未來的事，等待的過程裡，雷禮本來只是想小喝一杯的，但最後的結果卻醉得不醒人事……

酒館的老闆忽然換了員工時，雷禮就該察覺有異的，但他卻大意了——有人對他下了藥。

而當雷禮醒來時，天色已經轉亮，小鳥在鳴叫，而他的人則是已經出現在前妻家，手裡握著自己心心念念的小兒子的手，那小巧、冰冷又僵硬的手……

「你知道我不是瘋子，是羅倫斯陷害我的，你明知道……你卻和他們同流合汙！」雷禮掙扎著要起身，但束衣束縛住了他，守衛從後方緊緊掐住他。

老神父先是沉默，接著他看向莫洛。「你現在能看出雷禮先生需要怎樣的治療了，他的妄想症很嚴重。」

莫洛點點頭，又在病歷表上記了幾筆。

雷禮的腦袋一陣發麻，羅倫斯的計劃很周全，就如同他所說的，現在不會有人相信他的話，就算真有人知道他說的話是事實，也不是會幫助他的人。

「請問雷禮先生有其他家人嗎？我們需要他們簽署入院證明。」莫洛問。

「不，沒有必要，這是法院批准的……再說了，我們的雷禮先生社交能力似乎很差，唯一的親友早就被他親自處決了。」老神父說，他們沒有人要理會雷禮的意思。「現在他是晨霧之家的病人了，把他當個病人對待……請送他去病房安置，再讓他熟悉環境及所有療程。」

莫洛點頭。

「去你媽的！你們這群婊……」雷禮激動地朝他們大吼，但話還沒說完，莫洛就出手賞了他一巴掌。

「不，我的病人不准說髒話。」莫洛說，「你要從現在開始學習。」

雷禮舔了舔溢血的嘴角，他看向莫洛，他並不認為這醫生知道實情，但他也不認為這醫生會對他有所幫助，因為莫洛看他的眼神，就像在看一個無藥可醫的病人。

雷禮感到非常憤怒，憤怒到他忍不住笑出來。

「真的？像個女人一樣賞巴掌？你兩腿間真的有東西嗎？醫生。」他故意激怒他，醫生臉上確實也露出了難堪的表情，但他這次沒有出手，旁邊的守衛替他做了。

雷禮被一拳揍倒在地，老神父和莫洛都看著他的糗樣，沒人出聲。

「把他帶下去，我們要入院了。」莫洛對著守衛說，守衛則是一把拉起了雷禮，把他拽出老神父的辦公室。

雷禮被拽過長長的走廊，他不知道會被拽去哪裡，但他知道他被拖去的地方，沒有人會願意幫助他。

大量的冷水從雷禮的頭上淋下，不間斷的，強力的水柱刺痛了他被刷紅的皮膚。

「操！」可以的話，雷禮會罵更多髒話，但水灌進了他的鼻腔、嘴巴和耳朵內。

他渾身赤裸地被綁在淋浴間內，他們將他的雙手分別綁在兩側的鐵架上，花灑就在他的頭頂，力道強勁。

「病房……安排……哪裡？」一個醫護人員詢問莫洛，雷禮聽不清楚他們的交談聲。

「離……三號……遠一點。」莫洛說。

醫護人員點點頭後離開，一個年輕護士拿著衣物走進來，看到雷禮光裸的身子後，她立刻撇開眼，紅著臉倉皇離開。

莫洛則向雷禮身旁的醫護人員示意停水，水柱終於停了，但雷禮依然嗆得猛咳，眼淚鼻水都流個不停。

這個名牌上寫著皮傑的醫護人員留著一頭紅色的捲髮，蓬鬆得像雲一樣，他的身材高壯，甚至比已經有一米八的雷禮高上一顆頭。

「身體練得不錯，刑警先生，那為什麼你前妻要離開你呢？有什麼不可告人的祕密嗎？」皮傑解著綁住雷禮的繩子時，一邊調侃他，他的臉頰上透出惡意的紅。

「誰知道？也許是因為我跟你女朋友睡了吧？」在這種情況下，雷禮依舊是管不住嘴巴，臉皮薄的大個兒立刻惱羞成怒，不由分說地揍了雷禮一拳。

「操！」雷禮倒在地上，說不清自己是第幾次被揍了。

「不，住手，皮傑先生。」莫洛走來，制止了還要再打雷禮的大個兒，他看向雷禮，視線在他身上逡巡著，彷彿凝滯一般，讓雷禮覺得十分不自在。「至於你，雷禮先生，我說過，不能說髒話。」

「喔，是嗎？」雷禮挑釁地笑了下，在皮傑接近他時，他用空出的手揍了對方一拳。「去你媽的！」他對莫洛說。

皮傑很快地衝上來壓住雷禮，雷禮被壓倒在水泥地上，大個頭一拳一拳飽實地揍到他臉上，從那種毆打的力道來看，雷禮知道這樑子是結下了。他沒什麼特別專長，結樑子的功夫倒是天賦異稟。

「不！皮傑先生！」莫洛皺著眉頭咳了兩聲，皮傑才緩緩收手。

雷禮躺在地上難受地翻轉著，把血水從嘴裡咳出來。

莫洛嘆了口氣，他搖搖頭說：「看來雷禮先生還不夠冷靜，我們再沖十分鐘看看。」

「操你媽……」雷禮從地上被抓起，他們將他重新綁上，頭上的水柱又開始嘩啦啦地往下淋，嗆得他無法呼吸。

忍住。雷禮告訴自己，他的眼睛一片模糊，只能隱隱約約看到莫洛那身白袍。

他張大嘴，企圖在冷水中找到一絲呼吸的可能性。

第二章

雷禮被安排到了角落的病房，他的病房又小又簡陋，只有一張床和髒兮兮的馬桶，連張窗戶也沒有。

雷禮以一種不舒服的姿勢被綁在床上，床很小，又因為他太高大了，導致他不得不蜷縮起腳，還得避免翻身，不然他就有掉到地上的可能性。

天花板黑黑髒髒的，只有一盞死白的燈光。

雷禮盯著那盞燈光，光暈在他眼裡放大得像輪滿月，他的頭昏腦脹沒有停止，除了他之外的所有東西都在不停旋轉。

在近乎是水刑的淋浴後，雷禮的不配合又讓他吃了一頓不小的排頭。

為了讓他安靜下來，莫洛又在他身上施打了一些鬼針劑，讓他失去抵抗能力，像個活死人一樣，意識在一瞬間中斷。

雷禮真是恨透了那種感覺，每次的清醒都要遭受暈眩和注意力渙散的折磨，而每次的昏迷，他都錯過一些重要的事。

好比前兩次……

第一次，他的前妻和兒子死了，他成了罪犯。

第二次，他被當成瘋子，丟進了瘋人院。

而這次呢？

雷禮在暈眩中觀察著病房內的空間，明明連扇窗也沒有，室內卻冷得不像話。他哆嗦著，腹部發疼，而且越來越明顯，皮傑大概趁他昏睡時又痛揍了他一頓。

雷禮瞄了自己一眼，非常好，這次醒來，他已經正式成了晨霧之家的病人。他看著自己一身樸素的病人服。

喉嚨像裂開一樣地疼痛著，但雷禮連給自己拿杯水都辦不到，他醒來過後已經不知道過了多久，起初他有出聲叫喊，但根本沒人理他，他也就放棄了。

有沒有可能，自己就被綁在這張小床上一輩子，淹沒在自己的排泄物裡，直到餓死、渴死？

這個想法讓雷禮一陣顫慄。

如果真是這樣，那就太可惜了，因為沒能讓他一槍轟掉羅倫斯的腦袋……

雷禮閉上眼時，他的病房門被打開，一個警衛走進來，他留著兩撇八字鬍，身材就跟皮傑一樣高壯，他身後則是跟著皮傑。

「起床了，雷雷——該是帶你去見見新朋友的時候了。」

八字鬍手裡把玩著警棍，敲得病床鏗鏗響，他在旁邊等帶著皮傑解開綁著雷禮的皮帶。「聽說你非常不聽話啊，雷雷，第一天來就把自己搞成這樣。」

雷雷——這綽號刺耳得讓雷禮皺起眉頭來。

「別叫我……」雷禮沒把話說完，因為皮傑拉著他的頭髮起來時，他一陣天旋地轉。

雷禮想打開皮傑的手，但他發現自己辦不到。

「喔……雷雷又不乖了，需要我幫你教訓一頓嗎？」八字鬍問皮傑。

「不，莫洛開給他的劑量很重，他暫時會跟個小男孩一樣軟弱。」皮傑笑著，他把雷禮拽下床。

雷禮的腳軟弱無力，他維持同個姿勢太久，肌肉僵硬而麻痺。

「吁！吁！雷雷，快走啊！你這隻老狗。」八字鬍在後頭用警棍戳著雷禮，逼他前進。

雷禮扶著牆面，地在搖晃，他的胃在翻滾，他甚至連生氣的餘力也沒有，現在更不是他找苦頭吃的時候。

他努力撐著身體前進，直到不耐煩的皮傑拽著他向前走為止。

雷禮的病房位置偏僻，在所有病房的最裡面，他被皮傑拽出病房走廊時，有些病房是空的，有些病房則是關著人。

那些有人的病房不斷發出奇怪的噪音，例如咒罵聲、詭異的呻吟聲還有某種規律的撞擊聲，形成了一種共鳴，像一群蚊蚋，嗡嗡地在人耳邊響著，令人焦躁。

「食物……餓……我很餓。」有些病患的臉就貼在病房門下的送餐口上，在黑暗裡露出他們骨碌的雙眼或細瘦的手指。

「不聽話就會被晏西神父關在房間裡一整天，沒有飯吃、沒有水喝，你最好注意這點，雷雷。」八字鬍又拿著警棍戳雷禮，讓雷禮踉蹌了一下。

雷禮沒說話，他扶好牆壁，希望能集中渙散的精神，好好觀察一下環境。

男病患的病房被集中在一條狹長的走道旁。

走道陰暗冰冷，連暖氣也沒有。每間病房上都有門牌號碼，雷禮的是最不吉利的十三號，也是最邊間。

奇怪的是，莫洛提過的三號病房並不在其中，有幾間病房跳號了，也許不在同一側。

雷禮惦記著，然後一路走出陰暗的走廊，他們接著穿過一道大門，門上寫著——交誼廳。

八字鬍和皮傑將雷禮拽進交誼廳後，他們交談了會兒。

「放著他亂跑有沒有問題？伊凡在裡頭呢！」八字鬍問。

「晏西說沒有關係，更何況豹子現在只是小鹿，看好他就行了。」皮傑聳肩，他拍拍八字鬍的肩。「交給你了，我要去女病房那裡一趟，看看她們在做什麼……」

八字鬍搖搖頭，他指著皮傑說：「你欠我一次，下次排班幫我安排值夜。」

「你想要聽小鳥唱歌？」

「對。」

雷禮沒聽懂他們在說什麼，皮傑則是打了個響指後帶著曖昧的笑容離開，只剩八字鬍待在原地留守。

「你最好別鬧事，我會看著你的，乖乖地去交些新朋友，不然我會打到你叫媽媽為止，雷雷。」

八字鬍踹了雷禮一腳，看雷禮差點軟腿倒地，笑了笑，大概諒他沒辦法有什麼大作為，逕自走開，去和一旁正在發藥的一名年輕護士打情罵俏。

雷禮靠在牆壁上，反胃感持續著，但他忍耐住了。

交誼廳的燈光很亮，亮得他都快睜不開眼了。

每個出口都有專職的警衛守著，而以現在的狀況，手無寸鐵又暈眩的他根本不可能離開。

「雷雷！雷雷！雷雷！」一旁忽然有人興奮地尖叫著，雷禮抬頭，一位女病患對他不停拍著手，並且大叫：「雷雷！雷雷！雷雷！」

女病患很瘦，皮膚枯黃，她的頭髮被剃掉，頭頂有幾道傷口。

「雷雷！雷雷！」她持續叫著，像卡住的留聲機。

雷禮退後了幾步，他和很多神經質的凶惡罪犯打過交道，卻從沒和精神異常者照過面，面前的女病患沒做什麼，卻讓雷禮感到十分不安及焦躁。

雷禮沒說話，他繞過女病患往前走，幸好對方並沒有跟上來，只是看著他不停喊著那該死的綽號。

雷禮認為自己需要坐下來休息，交誼廳內擺著幾張看上去很貴的沙發，可是全都很舊了，上面沾染著灰塵和古怪的汙漬。

那是件很奇怪的事，晨霧之家裡的設備既新又舊，某些地方被刻意改良了，某些地方卻又放任不管。

雷禮思索著為什麼，追根究柢是他改不掉的職業病。

沙發上坐著一位正在下棋的病患，就他自己一個人，他不停地下著同一步棋，棋下好後又再度拿起；另外一位病患則是坐在沙發背面的地上，他的手放在內褲裡，正在做著什麼苟且的事。

一位病患則是面對著牆壁，不知道在說什麼，說得非常激動。其他幾個，只是不停地神遊著，或是不停做著同樣的動作。

雷禮身處在這群病患之中，他身上穿著和他們相同的病人服，從外人眼裡看來，他融入在其中，就跟他們沒什麼兩樣。

而羅倫斯想要的就是這個——讓他永遠生活在這樣的環境裡，讓他成為這些人的一員。

雷禮打消了坐下來休息的念頭，他決定往人少的地方移動。

交誼廳的另一端連接著寬敞的走廊，日燈光亮得跟一顆太陽高掛在上頭似的，那條走廊似乎連接著病院內部，所以看守的警衛和醫護人員比較少。

又或許，只是因為太亮的燈光令人反感。

空氣裡有股很重的消毒水味，雷禮止不住反胃的感覺，他靠著牆壁慢慢往裡頭移動，並且觀察著，直到他踩碎了什麼東西。

雷禮低頭往下看，地上有粉狀的碎片，他踩碎了某種彩色的東西，那東西聞起來甜甜的而且黏膩——早餐穀片，大人用來哄小孩的那種彩色糖片。

穀片被排了一排，直直地延伸著，從走廊的一端到另一端。

雷禮在走廊的一端發現那個蹲在地上排著彩色穀片的年輕男人。

那個年輕男人蹲在地上，他的金髮像陽光一樣燦爛，膚色就如同他身上的病人服一樣蒼白，他仔細並且專心地排列那些彩色穀片。

那是個俊美的男人，他有一頭跟陽光一樣燦爛的金髮，一雙湛藍的漂亮眼睛，瘦削的臉型，看起來再完美不過了。

雷禮不曾認識過這樣的男性，因為他們幹警探的，總是一個比一個還像硬漢，五大三粗的老男人，所以他的生活圈並沒有出現過這樣的人——這樣美麗的男人。

年輕男人的臉上帶著笑容，不停從手裡丟下一粒粒彩色穀片，地上那些穀片就是他排列的。

「快來，快來。」男人說，他不時發出口哨聲。他的聲音很好聽，圓融並且溫和。

然後，在他的叫喚下，穿著寬鬆病人服的女孩出現了。

雷禮不知道女孩究竟多大，但她看上去和一個同事的女兒年紀相仿，所以也許是十三或十四歲，又或者她早已成年了，只是身形太過瘦弱。

女孩身上的病人服既陳舊又骯髒，和年輕男人身上乾淨的病人服完全不同。

女孩的動作很奇怪，她歪著腦袋，一路從走廊的一端輕巧地跳來，滑稽卻又優雅。

當女孩看到地上那些彩色的穀片，她彎下腰，一一撿起那些穀片往嘴裡放，像是小鳥在啄食。

日光燈讓雷禮視線裡的場景過於曝光又模糊，走廊和走廊內的人們在他眼裡都微微轉動著，而死白的燈光下，年輕男人和女孩構織出了一幅安靜卻又詭麗的圖畫，不自然得讓他胃裡一陣翻騰。

雷禮看過很多命案現場，血腥場景他早就習慣了。因為砍殺腸子流出來的，因為被毒死皮膚潰爛的，因為被姦殺身首異處的……他看了很多，所以已經麻痺的他幾乎不曾吐過，甚至還能在相驗屍體時在旁邊吃三明治。

可是現在，小女孩不停啄食著穀片，循著男人聲音而去的簡單景象，卻讓雷禮再也忍不住了，他難受的抱著胃開始嘔吐，吐得撕心裂肺。

他一個體格健壯、膽子又大的男人就這麼像個小女孩一樣，雙手撐在牆壁，不停地大吐特吐，吐到連眼淚都流出來了。

年輕男人則因為雷禮的關係停下了餵食的動作，雷禮的動作引起了他的注意，那湛藍的雙眸就像貓一般，盯住雷禮後一動也不動。

雷禮在年輕男人的眼裡看到了好奇，好奇讓他的藍眼睛充滿水光，像發亮一樣。

年輕男人微笑，露出潔白的牙齒，如此迷人，足以魅惑不少女士，但雷禮卻覺得詭異。

他看過不少紳士，他們笑起來也是如此，但那些笑容往往是在他們解釋完自己是如何支解愛人後才會出現。

女孩仍然輕巧地啄食著地上的穀片，旁若無人，年輕男人則是走向雷禮，臉上帶著同樣的笑意。

年輕男人靠近雷禮，幾乎要像貓一樣地蹭上去，他絲毫不懂人與人之間該保持的距離。

「我沒有見過你……」年輕男人說。

雷禮瑟縮了一下，在他擦掉臉上的淚水和嘴邊的穢物時，男人那張漂亮的臉幾乎要貼了上來，但女孩忽然起身並且用額頭不停碰撞窗戶的動作卻稍稍地轉移了他們的注意力。

鎮靜劑的藥效才剛退去，雷禮無法專心，他忘了要推開年輕男人的動作。

「別擔心，窗戶有上鎖，她打不開。」年輕男人彷彿是看出了他的憂心，他笑著回答，聲線開朗。「再說啦！打開了她也飛不掉，有人剪了她的翅膀。」

剪了她的翅膀？

「操！」

男人提醒了雷禮，他人正在精神病院呢！他低聲咒罵。

「你還好嗎？」年輕男人依舊注視著他，用他那雙看起來純真無邪的藍眼睛。

「你叫什麼名字？」

他看上去對雷禮很有興趣，太有興趣了……

「走開！」雷禮的頭很暈，他還是很想吐，男人的視線讓他煩躁，然而當他對男人低吼「你到底他媽在看什麼？」時，男人卻依舊保持著相同的笑容。

年輕男人的手放上雷禮的背，向下滑過他的腰椎，他靠近雷禮，在雷禮耳邊私語：「不要靠近窗戶。」

雷禮一陣顫慄，他困惑地皺起眉頭，男人的動作不帶絲毫惡意，但卻帶有另一種意味……

「你在說什麼鬼東西！」雷禮推開年輕男人。

「因為你有雙強健的翅膀，如果飛出去，他們會狠狠剪掉的。」男人發出了讚嘆的聲音，他想再觸碰雷禮。「我不想……我不想要你這雙翅膀被別人剪掉。」

「滾開……」雷禮退後，但男人卻又前進了一步，這觸怒了雷禮的底線，他抓住男人的衣領，把他往牆上壓。「我說滾開！」

「你的眼睛……我喜歡你的眼神，像是有火一樣。」男人的手指輕輕壓在雷禮臉上，就好像是算準了他不會隨便攻擊他一樣，他沒有絲毫畏懼。

雷禮瞪著男人湛藍的雙眼，他的眼裡有著笑意，讓雷禮整個身子打起寒顫。

「不不不！放開伊凡，老天爺，誰都可以，拜託你就是不要傷害他！」忽然，原本在大廳發藥的小護士尖叫了起來。

「嘿！放開他！我是怎麼跟你說的？」八字鬍一看到雷禮抓著年輕男人的景象，他憤怒得臉都紅了。他手裡拿著警棍衝來，揚手就要往雷禮頭上敲。

雷禮放開年輕的男人，他反射性地躲過這一擊，接著對八字鬍出拳，那是種根深蒂固的職業病。

如果有槍會更好，他能很快地拔出來之後上膛，抵住這大老粗嚇唬嚇唬他，可惜的是他現在只有赤手空拳，還被下過藥了。

那一拳結實地打在八字鬍臉上，但看起來不像平常一樣有效。

「操！」八字鬍咒罵了一聲後，幾個警衛從後方將他撲倒。

雷禮掙扎著，他抬眼，年輕男人的視線依舊放在他身上，他在他臉上看到了笑容，孩子發現自己所珍愛的事物時，那種可愛的笑容。

接著警棍直接揍到了雷禮臉上，他一下子失去知覺，走廊上的刺眼燈光終於暗了下來。

「誰都可以，但就是不准動伊凡！」

那個看上去很有氣質的年輕醫生正神經質地對著雷禮大吼大叫，他手裡拿著細長的棍棒，狠狠抽在雷禮赤裸的身子上。

雷禮被迫跪在地上，他的雙手被綁住，吊掛在空中。

棍子在他身上抽出了紅條，雷禮痛得憋不住聲音。

「不准碰他，也不准傷害他，如果你動手了，就要知道會有什麼下場。」莫洛繼續抽打的動作，他整齊的黑髮落了幾綹。

從一進到晨霧之家開始，他們就不停提到伊凡這個人，而在剛才的事情發生之前，雷禮根本連伊凡是誰都還搞不清楚。

「是那個人他媽先來找碴的！」雷禮喊道，他被打得莫名其妙。

「不！你不能動他，無論他對你做、了、什、麼！」莫洛下手得更厲害了。

雷禮聽過這樣的傳聞，在私人精神病院裡，他們主張用懲罰性的手段治療病患，病患做錯事，他們就毆打他們，這樣的反覆過程中，會讓病患強迫自己養成聽話的習慣。

當初雷禮以為這只是無稽之談，某種都市傳說或什麼，他沒想到這會是真實的，並且發生在自己身上。

「操！」雷禮無法忍受，莫洛快把他的骨頭打斷了。

就在雷禮膝蓋發軟之前，莫洛總算停手。

「以後你碰他一次，我就會像這樣懲罰你一次，明白嗎？」莫洛驀地掐住雷禮的臉，他那雙灰色的眼眸泛著水光，冷漠地看著雷禮。

「我說過是他先找碴的吧？」雷禮的背和臀部脹痛著，那種痛楚在莫洛停手後更加難受。

「我不在乎是誰先找碴的，總之你一根汗毛也不准動他。」莫洛盯著雷禮的嘴唇和頸子，那種視線讓雷禮感到不自在。

「為什麼？他是誰？」不過就是一個病患而已，為什麼會受到如此重視？雷禮思索著，他瞪著莫洛，發現莫洛的手指在顫抖。

對他瘋狂地施暴後，年輕的醫生面色紅潤了許多，他看上去——很興奮。

雷禮一陣反胃，他心頭沉甸甸地壓著某種不快感。

「你不需要知道，雷禮先生，你已經不是刑警了，記得嗎？」莫洛捧住雷禮的臉，雷禮掙脫不開，年輕醫生看上去冷靜了許多。「記住你現在是個病患，請專心在你的治療上。」

「我不是個瘋子。」雷禮咬牙，為什麼沒人相信他？

「如果你的威脅性再提高，我們就必須採用激烈的治療手段了，而你不會喜歡的。」莫洛繼續說他的。

「我不是瘋子……」雷禮重申，但他們的對話像雞同鴨講。

「這件事我會跟晏西神父報告，在他做出懲處之前，當個乖巧的孩子，好嗎？」莫洛拍了拍雷禮的臉。

這回雷禮不說話了，因為他知道自己說什麼都沒用。

雷禮迎來了晏西神父第一次的懲罰。

在被莫洛毒打一頓後，雷禮被關進了他的小病房內，一整天，他們放著混身是傷的他躺在病房內，不給他食物也不給他飲水，並且不給他留一盞燈光。

事。

雷禮沒想過待在一個毫無時間概念，完全封閉的黑暗之中，會是這麼糟心的事。

他背部和臀部的皮膚脹痛，而且又餓又渴，這些事情折磨得他連躺在床上好好睡一覺都辦不到，他在半夢半醒間迷離著，然後總是在夢到那個年輕俊美的金髮男人時醒來……

——伊凡……是嗎？

雷禮張開眼，一片黑暗讓他出現了些許的錯覺，他在黑暗中彷彿看到了年輕男人那雙湛藍的眼眸，令人發顫。

為什麼這個叫伊凡的男人這麼受到保護？雷禮很在意這件事，他不斷地去想，但沒理出頭緒，想這事情一點意義也沒有，但是能幫助雷禮在渾沌中得到一點清醒。

時間不知道過了多久，雷禮覺得可能有兩三天了，他的病房門才終於被打開——那個討人厭的皮傑和他的好朋友八字鬍一起出現來迎接他。

「雷雷！起床！」八字鬍又開始用警棍敲著他的鐵床。

「現在幾點？」雷禮問，他迫切地渴望釐清時間觀念。

「知道這些做什麼呢？」八字鬍摸著他的鬍鬚，一邊等待皮傑和另外的醫護人員將雷禮拉起來。

「你們關了我多久？」雷禮又問。

「閉嘴！為什麼你就不能乖乖的呢？」八字鬍用警棍敲了雷禮的腹部一記。

雷禮不說話了，他跟著八字鬍和皮傑的腳步邁出房門，暫時裝出配合的模樣。

由於這兩天都沒進食，加上受了莫洛一頓毒打的關係，他現在太虛弱，如果反抗只是徒增再被教訓的機會，雷禮不確定自己還能不能撐下去，他很耐操沒錯，但不是鐵鑄的。

或許現在就被虐待致死會比之後的日子輕鬆，但他無法容忍——無法容忍害他進來的那個人現在還在外頭，用他的慘況悼念他那該死的私生子。

雷禮緩慢地走著，他們架著他走過長長的走廊，過了陰暗的病房長廊後，大廳裡又是那亮得令人眼睛直冒淚的日光燈。

八字鬍拽住雷禮，穿越大廳後帶他來到餐廳。

「如果你不想在病房裡餓死，就不要做出像先前一樣的事，離伊凡遠點，別給我們添麻煩。」八字鬍把雷禮推進了餐廳內。

雷禮站在餐廳門口，日光燈明晃晃地打在餐廳內，高牆頂端的小窗戶被鐵條層層鎖著，看不到外頭的天色。

餐桌排列得整整齊齊，他們讓病人們像囚犯一樣圍坐在餐桌旁用餐，並企圖讓他們像正常人一樣進食，部分的病患還能自理，但有些不像一般正常人能穩穩地將食物送進嘴裡，如果他們灑了食物，那個年紀較長的胖護士就會用長尺拍打他們的手。

幾個不能自理的，則是由年輕的護士或修女餵食。

幾天沒進食，雷禮餓到胃酸直冒，他需要吃東西。

雷禮的視線掃過餐廳，下意識地尋找取餐處，但他卻和坐在角落的金髮男人對上了眼。

年輕的男人抬起他美麗的臉孔，藍色的眸子在與他對視時透出了某種光芒，他那雙漂亮的眼睛讓雷禮一陣雞皮疙瘩狂顫。

雷禮整個人一凜，他一瞬間僵住了，腦海裡出現的字眼只有——逃，快逃。

第三章

伊凡。

伊凡對雷禮微笑，雷禮注意到他身邊沒有坐任何人，也沒有任何護士或警衛在他身旁走動，他穿著白病袍坐在其中，卻顯得格格不入。

但他的格格不入感，卻和雷禮的格格不入感完全不同。

雷禮撇開視線，他隨意找了一個最空曠的地方坐下，遠離那些病人以及伊凡。

椅凳是木製的，這讓雷禮坐立難安，被莫洛打過的地方全都紅腫並脹痛著，連磨擦到病服都會讓他痛得說不出話來，何況是坐在堅硬的木椅上，那難受得讓他冷汗直冒。

雷禮看著自己的汗水滴在木桌上，接著有一隻小手用食指將紅色的糖霜穀片按在桌面上，筆直地從前方一路滑進他的視野內。

雷禮看著那顆彩色穀片，他抬頭，女孩就趴在他的正前方，她那雙綠色的瞳眸望著他，動也不動，不帶任何情緒。

是上回吃著伊凡給的穀片的女孩。

女孩看雷禮沒有反應，她從她碗裡又撈出一顆穀片，用同樣的方式遞給雷禮。

雷禮沒有反應，她就遞出第三顆。

等到眼前擺滿了整整四顆穀片後，雷禮終於軟化態度，他對小孩子向來沒轍。

「給我的？這些可不夠吃啊……」雷禮把那甜滋滋的穀片放進嘴裡。

女孩看他開始吃那些穀片後，她用奇怪的方式抓著湯匙，開始吃起了碗裡的穀片。

為什麼選擇跟他坐在一起？雷禮很好奇。

「妳叫什麼名字？」

女孩沒回話，她塞了滿嘴的穀片。

「妳幾歲？」雷禮又問，因為放眼望去，她是整棟病院裡最年輕的孩子。

而女孩依舊沒回話。

「她不會告訴你的，因為她不會說話。」雷禮的桌上被放上餐盤，他抬頭，望向為他帶來食物的年輕男孩。

陌生的男孩和他們穿著相同的病人服，只是更輕便一些，他的頭髮被剃得很短，膚色略深，像曬過的小麥，不同於其他的病人。

這男孩和其他人不同，他們有放他出去工作。雷禮下了結論。

「所以不要白費力氣了。」男孩說，他有張正直而嚴肅的臉孔。

「你叫什麼名字？」雷禮習慣性地問出口，他注意到男孩手臂上有傷痕，一條條被棍棒揍過的痕跡，和他身上的一樣。

「泰勒……」

雷禮訝異地挑眉，因為對方和他的小兒子同名。

似乎是注意到了雷禮的視線，男孩將袖子往下拉，他繼續說：「以後午餐要在時間內集合，可以自理的病患自己拿餐盤去大媽那取餐。」

泰勒指著角落，豐滿、個頭又大的黑人婦女正在那頭忙著煮湯。

「盡量好好用餐，不要掉落任何食物……不然他們會打你。」泰勒說這些話時特別小聲，彷彿在警告雷禮一樣。

「你看起來不像這裡的病患。」雷禮問，「你是這裡的員工？」

泰勒頓了一下，他又拉了拉袖子。「都是，我是病患，但幫忙工作。」

「為什麼你可以……」

「你該用餐了，我還有其他工作。」泰勒在雷禮繼續問下去之前打斷了他。

「泰勒！」

「抱歉，他要過來了，我必須離開……」泰勒就像個有禮貌的普通孩子，雷禮不能理解他身在晨霧之家裡的原因，有沒有可能是跟自己一樣呢？

雷禮沒有機會立刻獲得答案，因為泰勒離開之後，那個男人籠罩住他，雷禮的臉上的日光燈被他硬生生地遮住了。

「小鳥沒給過別人穀片。」

日光燈照在男人的金髮上，十分耀眼，而即使逆光，男人的那雙藍眼睛卻依舊湛藍得令人感覺不可思議，好像被拉入了深深的海水之中。

「你是第一個，她喜歡你。」伊凡說，他微笑著，但眼底沒有笑意，只是熱切且專注地注視著雷禮，令人感到——沉重。

伊凡那蔥白的長指搭上了雷禮的頸子，冰冷得讓雷禮一陣寒顫微起。

打開對方的手。這是雷禮的第一個念頭，但當伊凡的手撫上他的背時，肌膚泛起的脹痛讓他壓下了這個念頭。

「別這樣做。」雷禮低聲警告伊凡，他伸手按住對方的手腕，警衛們的目光放到了他們身上，雷禮注意到了，所以他刻意地輕輕拉開對方。「我不喜歡別人這樣碰觸我。」

有那麼一瞬間，雷禮在伊凡臉上看到了滿足的神情，男人輕嘆，帶點興奮及舒服的意味在，而他那雙藍眼睛始終放在自己身上，從臉，到頸子，再到臉，然後是雙眼。

雷禮感到焦躁。

冷靜下來。雷禮深吸口氣，他告訴自己。

雷禮將伊凡的手拉開後，原本以為對方會乖乖地收回手，年輕男人的手指卻執拗地纏著他，最後和他的手指糾結在一起。

腦袋一熱，雷禮甩開了對方的手，啪的一聲，聲音很大，那讓警衛和醫護人員們的視線放了過來。

壞了！就在雷禮這麼想著的同時，伊凡卻像沒事般地撫摸自己的手指，接著在雷禮身邊坐下。

「你到底想要做什麼？伊凡。」雷禮問。

「你記得我的名字。」伊凡發出輕笑聲，十分短暫，他看著坐在對面的女孩，用手指敲了敲桌面。「真讓人驚喜。」

女孩看著伊凡，她從碗裡抓出穀片，一顆顆遞到伊凡面前。

伊凡抓了幾顆往嘴裡塞，喀喀地咬著。

「雷禮。」伊凡喊出雷禮的名字時，雷禮忍不住搔了搔耳朵。

雷禮很想起身離開，伊凡總給他某種莫名的壓迫感，上一回是這樣，這一回也是如此，連他的上司或任何再凶惡的罪犯也不曾給過他類似的感受。

但雷禮還有些關於伊凡的訊息想瞭解，他認為自己應該按捺住那種不悅感，從對方身上得到某些資訊是必要的。起身時，伊凡按住了他的手。

「坐下，你該吃點東西。」伊凡支著臉看向雷禮，他微笑道：「放心，我和他們不同，我不會胡亂咬人，或做任何傷害你的事情。」

伊凡看上去的確不屬於這裡，他的金髮像每天都精心梳理過的一樣，病服整齊潔淨，一點汙漬也沒有，他身上聞起來則像肥皂的味道，一點腥騷味也沒有——如果不是那件病人服，他看起來簡直像莊園裡的大少爺。

「快吃，我知道你餓壞了。」伊凡將湯匙塞進雷禮手中。

雷禮看著桌上那盤稀糊糊的病院餐食和麵包，他的胃被胃酸侵食，他確實餓了，但卻沒有胃口。

這時原本在廚房忙碌的黑人大媽忽然為伊凡端上了餐點，他的餐點和他們的不同，而是特製過的熱食，炒蛋、香腸，沙拉等等，至少是看得出形體的漂亮食物。

大媽離開時甚至對著伊凡微笑。

雷禮盯著伊凡的餐點，伊凡確實和他們有所不同。

「想吃點我的？」在雷禮看得出神之際，伊凡弄了點炒蛋在叉子上，輕輕地抵到了雷禮的唇上。

雷禮往後一退，擺明地拒絕。

「你會後悔的。」伊凡聳聳肩，沒說什麼，他吃起了自己盤裡的食物。「你的食物不夠營養，對你來說。」

「那女孩的食物才不夠營養。」雷禮的喉頭乾澀了好一會兒，才開始說話，並且吃起屬於他的食物。

菠菜泥及馬鈴薯泥吃起來一點味道也沒有，還帶上了些苦味，雷禮甚至不清楚自己吃的是不是如他腦中所想的東西。

雷禮等待著伊凡的回應，不知為何，他心裡深處的本能一直抗拒著對伊凡做更深入的認識，彷彿太深入的話，自己會……

「但她只吃彩色糖片，她不吃其他東西。」伊凡說。「他們嘗試過餵她其他東西，但那總是會令她反胃嘔吐，她只吃彩色糖片。」

伊凡似乎很清楚女孩的一切，他知道雷禮所不知道的資訊，而某些也許對雷禮有所用處。

「她叫小鳥，你可以叫她小鳥，醫院裡的人都這麼叫她。」伊凡繼續說，他低頭切著他的食物，一小塊一小塊，精緻地分類。

「她沒有名字嗎？」雷禮皺起眉頭，將那些食不知味的菜餚塞進嘴裡。

「沒有，她還小的時候就被人丟包在晨霧之家門口，是修女把她帶回來的，她沒有名字。」伊凡說，他將那些被分割細碎的食物放進嘴裡。「她是個很堅強的女孩，你無法想像她被丟包那天有多冷，空中都是霧氣，她獨自在外頭足足徘徊了幾個小時才被人發現，卻還是堅韌地存活了下來……」

伊凡停下用餐的動作，他說：「所以我決定留下她，因為這是件……多麼美麗的事情。」

——所以我決定留下她？雷禮思索起這句話的涵義，為什麼伊凡可以決定要不要留下她？伊凡是誰？他在病院裡扮演的角色是什麼？只是一個病人？

伊凡望向雷禮，那雙藍眼睛的視線焦灼在雷禮臉上，彷彿他所描繪的美麗事情，指的是雷禮。

「那真的很令人著迷……」伊凡說，用那種足以讓女士們融化的優雅語調。「就像你一樣。」

雷禮的身子緊繃，他真的再也吃不下盤子裡的東西了。

「年輕人，有件事我要跟你說清楚，我對男人沒興趣。」雷禮說。

「我也沒有，事實上，我從來都沒對任何人特別感興趣……但你不同，你是第一個……第一個讓我連想到都會興奮得在夜裡都難以入眠的人。」伊凡說著，像是在和雷禮分享什麼驚喜一樣。

「別開玩笑了，你的意思是你對我抱存著什麼骯髒的幻想嗎？」雷禮幾乎要笑出聲來，但伊凡臉上的表情讓他的笑容僵住了。

伊凡的神情認真，藍眼珠細細地端詳著他，像在看一件藝術品，他再次伸過手，他的手撫上雷禮的臉，彷彿藤蔓一般，深入他的耳際及後腦，指尖緊緊貼在雷禮的髮隙間。

有這麼一瞬間，雷禮的世界靜止了，他覺得自己像被壓進了那潭淺藍裡，將近窒息。

「那並不骯髒，反而非常美麗……出乎你意料之外的。」

「什……」

雷禮後腦勺上的指尖忽然加重了力道，他的頭被迫往前，伊凡則是傾身，將嘴唇壓到了他的嘴唇上。

雷禮一時沒反應過來，伊凡則是咬上了他的嘴唇，舌尖抵住他的唇齒。

他們的親吻持續了數十秒，直到嘴唇被咬痛了，雷禮才反應過來，他用力推開伊凡，怒不可遏。

伊凡跌坐在椅子上，他的雙唇紅潤鮮豔，在慘白的日光燈下特別明顯。

雷禮用手指撫過濕潤且刺痛的嘴唇，他的指腹立刻沾染上了血跡。

「親嘴！他們在親嘴！」坐在角落看上去四十多歲的女病患拍著手大叫，有些病患則是跟著鼓噪了起來，他們大笑著，雷禮是他們嘲笑的對象。

「閉嘴！快閉上嘴！」老修女急忙用長尺狠狠拍打那些病患，但她對剛才伊凡的所作所為卻置之不理。

這些人是怎麼回事？

雷禮看著老修女用長尺一一抽著那些病人的手腳，幾個病人害怕地縮起身子來，剛剛在笑的現在全嚇得發抖不已。

「你以為你在做什麼？」雷禮擦掉嘴唇上的血和唾沫，他瞪著伊凡，卻在企圖遠離對方時，狼狽地踉蹌了一大步。

雷禮發現自己的膝蓋發軟，他的身體沒有力氣，這讓他從外表看起來像是被吻到腳軟一樣。

警衛們因此發出了嘲笑聲，雷禮看到他們在竊竊私語，說著一些調侃他的話，但手卻同時緊緊抓著警棍。

雷禮知道他們正在觀察他，如果他什麼也不做，那麼剛剛發生的事情就只是笑話一則；但如果他對伊凡有什麼動作，他們就會衝上來，而早前的事情會全部再重演一遍……

「你還好嗎？」伊凡卻一臉無辜地問他，他起身，手再度要放上雷禮的肩。

「你他媽的到底在做什麼！」雷禮打開對方的手，卻忽然一陣暈眩。

嘴裡揮之不去的苦味讓雷禮意識到一件事，他看向自己吃了一半的那盤餐食——裡面一定被放了某種藥物。

——那孩子給他下藥？

雷禮看向泰勒，對方卻避開了他的視線。

「我只是在實現那些美麗的幻想……那些……所有我想對你做的事，而這只是其中一小件。」伊凡的手比畫著，語氣認真，好像深怕雷禮沒有聽懂似的。

「不要胡說八道了……你這瘋子。」雷禮語氣惱火，他的聲音和精神卻萎靡不振。

諷刺的是，伊凡看上去一點也不像在胡說八道，和其他病人不同，他看上去很清醒，思路清晰，就是藏著某種古怪而已。

「我沒有胡說八道，雷禮。」伊凡的手捧上雷禮的臉頰，這次雷禮沒有打開對方，他的視線被湛藍的眼珠占據，耳朵則充斥著對方響亮柔滑的聲音。「這只是開端，後面還有很多……很多事……但那需要點時間，所以耐心點，讓『我們』之後

——完成。」

伊凡強調了我們這一詞，這讓雷禮感到非常的不舒服，說得好像他自願且迫不及待地要和伊凡一同實現他那些骯髒齷齪的想法似的。

「去你媽的，我可沒瘋……不會陪你玩這種無聊的神經病遊戲！」雷禮低聲警告著。

然而伊凡卻對他說：「不不，你只是還不了解……我卻在第一次看到你時就明白了，你有多需要我……所以我必須幫你，直到達成我對你的期待。」

伊凡一臉不容質疑的自信，他的笑容既美麗又溫和，雷禮卻感受到了一股強烈的侵略性，他的腦袋糊成一團，彷彿要被對方雙眼裡的淺藍吞噬。

「光是想像，就讓我興奮得渾身起雞皮疙瘩。」伊凡低喃，他又低下頭親吻雷禮。

這次雷禮動手了，在他腦子還沒被食物裡那些不知名的藥物攪成一團之前。

不像上次在根本沒碰到伊凡前就被拉開，雷禮有充分的時間壓制伊凡，他將伊凡的雙手向後反折，按著對方的後腦將對方壓到桌上去，濺起的食物沾染到了伊凡漂亮的金髮上。

「我說過……別碰……」雷禮連話都開始說不清楚，他看著伊凡，腦海裡唯一的想法只有——為什麼這傢伙還笑得出來？

雷禮握緊拳頭，傷害伊凡的話會有什麼下場已經很清楚了，但此刻的他並不在乎——

在雷禮準備出拳之際，八字鬍帶著警棍衝上前，猛地將雷禮往後扯去，雷禮反射性地轉身出拳揍他，不過他的拳頭似乎不太有力，被惹惱了的八字鬍和其他警衛馬上跟著撲了上來。

雷禮被摺倒，有人揍了他幾拳，接下來的事則是開始模糊，他的腦子像融化了一樣，再多的怨怒和不滿全都被壓了下來，日光燈白晃晃地照在他的臉上，一點感覺也沒有……

雷禮是被痛醒的，他的臉和身體腫痛著，越來越清晰。

他被綁在椅子上，難受地癱坐著。

腦袋就像灌進水泥一樣沉重，雷禮無法思考，他的思緒和記憶紊亂，有一度他還以為自己是前一晚和同事喝多了，所以坐在客廳裡椅子上睡著了——直到他看見身上染血的病人服。

雷禮企圖振作起精神，然後把記憶一片一片拼湊起來，但他眼皮沉重得不得了，潛意識彷彿不停地在苦勸他，放空腦袋，最好什麼都不要想……

雷禮深呼吸著，殘存的記憶跟著身上被鞭打過的痛楚一抽一抽地跳動著的同時，熟悉的名字引起了他的注意。

「泰勒……為什麼會發生這樣的事？你有按照我說的放處方藥進去他的食物裡嗎？」那是莫洛的聲音。

雷禮艱難地抬起眼皮，晨霧之家的燈光總是如此，要不就是暗無天日，要不就是亮得跟天殺的中午太陽一樣，刺激得他張不開眼。

「我很抱歉！我發誓我按照您說的去做了，只是藥效發作得比較慢，而且伊凡不讓別人靠近……拜託，拜託別懲罰我。」年輕男孩的聲音聽上去如此無助，他開始抽噎了起來。

「犯錯就是要處罰，泰勒，你很清楚規則。」莫洛的聲音冷酷，他的皮鞋踏在地板上，很響亮，而那響亮的聲音一接近，年輕男孩就發出了懼怕的驚呼聲。

那種慌張的哭喊聲雷禮聽過，他以前不是沒辦過這種案子……喝醉酒的父親拿皮帶把才幾歲大的孩子抽得都快奄奄一息之前，那些孩子也會發出這樣的聲音。

「我沒有……我真的沒有犯錯，求求您，不要……不要處罰我。」泰勒開始哭了起來。

「不要再回嘴了，泰勒，還是你想回去原本的病房裡，繼續打針吃藥，就和那些瘋子們一樣？泰勒，你是瘋子嗎？」

「不，我不是……我不是。」泰勒的話因為哽噎而不成句子。

接著室內一度恢復了寧靜，直到皮帶從褲頭間被抽開的聲音響起——

「脫掉你的衣服……動作快！」莫洛吼著。

在倉皇的脫衣聲後，皮革抽在皮膚上的聲音很快的響起，那種不間斷的聲音和男孩隨之而來的哭叫聲，讓雷禮的胃沉痛地翻絞起來，他費盡力氣翻開眼皮，生理反應卻讓他的雙眼被淚水浸濕。

穿著醫師白袍的男人完全失了氣度，他用力鞭打著在地上縮成一團的赤裸男孩，那個替雷禮送上餐食的年輕男孩。

雷禮用盡力氣想起身去阻止，可是他被牢牢綁在椅子上，藥物的作用也依然沒有褪去，他就像個垂死之人，一點多餘的力氣都擠不出來。

好不容易，那像酷刑一樣的場景終於結束了，然而就在雷禮眨掉他眼裡的水氣之際，莫洛卻丟下他手上的皮帶，然後拉起了地上的泰勒。

莫洛將泰勒推到辦公桌上，他俐落整齊的黑髮都落了幾綹，而他完全沒有去整理的心思。

「你知道要怎麼做，泰勒。」莫洛說。

「只有這個……可以不要嗎？就只有這個……」泰勒一臉無助地求饒。

雷禮在心裡祈禱著，他祈禱著事情不要是他所想的那樣，祈禱著男孩過度驚恐的喊叫聲純粹是因為他怕皮肉疼……

但雷禮的祈禱就如同以往一般，最後只成了純粹的祈禱，神跡終究只是迷信。

「彎下你的腰！」莫洛命令著。

泰勒在一陣躊躇後，最終聽話地將上半身伏趴到了桌面上。

雷禮看見莫洛解開褲頭覆了上去，男孩則是緊繃著大腿，僵硬地趴在桌上，這回他沒有哭，一個尖叫聲也沒發出來，但木桌的搖動聲卻讓雷禮的心沉甸甸地墜了下去。

雷禮是被燙醒的，熱蒸汽從他的臉底下冒了出來。

雷禮掙扎著，但反而被燙得更厲害，他發現自己的手腳被綁住，整個人除了頭之外的下半身則是被用帆布封在浴缸裡，浴缸裡很熱，雷禮的下半身全被浸在滾燙的熱水裡，蒸氣不斷往上冒著。

熱水刺痛了雷禮被毆打過的痕跡，他越搖動身體就越痛。

「別掙扎，靜下來會讓你好受點。」男孩的聲音讓雷禮停止了動作。

雷禮轉頭，泰勒就坐在他身邊，他蜷縮在椅子上，面無表情地看著雷禮。

男孩的臉上多了幾道傷痕，背和雙手雙腳上也都是，當他發現雷禮又在注視他，他習慣性地拉扯著衣袖想遮掩。

雷禮很快地瞥過視線，裝作自己什麼也沒看見。他癱進浴缸，熱水和蒸氣始終很燙，不掙扎並沒有真的比較好受，但轉移注意力卻可以。

「你對我下藥。」雷禮說，他視線渙散地注視著前方。

他們在一個像是地下室的小房間內，房間裡排著兩排浴缸，底下有管子連接，估計熱水和蒸氣就是從那裡上來的。

「我沒有，那是處方藥，醫生本來就會在每個不聽話病人的食物裡下處方藥，避免他們不吃藥。」泰勒說，他聲音聽起來很冷靜，沒了先前的恐懼與驚慌。

泰勒的鎮定甚至讓雷禮忍不住想，自己先前所看到的、聽到的，會不會通通只是一場夢而已。

「那些是什麼藥？」雷禮問，蒸氣蒸得他滿臉汗水，他用了極大的力氣才能專注精神不去理會底下滾燙的熱水。

「鎮定劑或什麼的……我不知道，但醫生是為你好。」泰勒說，他看向雷禮。孩子的眼珠是清澈的綠色，泰勒的年紀可能仿若那些剛上大學，正在外頭揮灑青春的青少年們，然而他人卻在這裡。

「不，他才不是，不要騙我，孩子……我以前是幹警察的，我知道誰在說謊。」雷禮癱軟在浴缸內，彷彿要融進熱水之中。

地下室頂端，接近天花板的地方有扇小小的通風口，微弱的陽光從那裡落了幾絲下來，雷禮從沒有這麼一刻想爬過去陽光下，然後將身體貼在冰冷的地板上。

「對不起。」泰勒道歉的聲音好小，雷禮幾乎聽不清楚。「但是……」他似乎想再解釋什麼，但雷禮打斷了他。

「我沒有瘋，我不需要吃藥。」雷禮發出嘆息聲。

「這裡的每個人都認為自己沒有病，不需要吃藥，但他們確實是需要的。」泰勒又說。

「你不相信我？」雷禮覷了泰勒一眼。

一陣沉默後，泰勒給了他這樣的回答：「……我不認識你。」

雷禮歪歪腦袋，這答案很合理。

「所以你還會繼續在我的食物裡下藥？」他試探性地詢問泰勒。

「你會乖乖吃藥嗎？如果不會，那麼是的，我必須這樣做，這是醫生的療程……無論你願不願意，你的食物裡都會加有處方藥，你只能選擇吃或餓肚子。」泰勒說，他低下頭，頸子上有一塊很深的掐痕。

莫洛那纖細的醫生手指曾經掐在上頭。

不是因為如果你不下藥，醫生會打你、罵你和性侵你？雷禮微微張口，幾乎要把這句話問出口，但他隨即又閉上嘴，打消了詢問男孩詳細經過的念頭。

現在並不是個再度傷害男孩的時刻。

「他們要把我浸在這裡多久？直到燙熟嗎？」

雷禮哼了聲，自己就像塊豬肉一樣要被煮熟了，如果就這麼用這種死法在瘋人院死去，那麼活羅倫斯肯定會很快活吧？

思及此，雷禮自嘲地笑了出來。

「還有半小時，醫生說必須讓你泡久一點，才能緩和你的攻擊性。」泰勒一臉困惑地看著這種時候都還能笑出來的雷禮。

這熱水確實是能讓人攻擊的慾望降低，因為連腦子都快融化了，還談什麼攻擊？雷禮注視著前方，他的意識因為熱痛而渙散。

然後不知怎麼地，那潮濕的陰暗角落出現了一雙湛藍的漂亮眼睛，銳利的視線像穿透了他的血肉，直達靈魂深處，讓雷禮在這種狀況下竟然還打起了冷顫……

那是錯覺。雷禮眨了眨眼，盯著他的視線消失了——但伊凡用叉子盛了炒蛋要餵他的畫面卻浮現在眼前。

伊凡都說了些麼……？

想吃點我的？他問，然後雷禮拒絕了。

你會後悔的。接著伊凡又說。

伊凡也知道他的食物裡有被下藥這件事，所以要讓他吃他的食物嗎？伊凡的食物裡沒放藥物？

雷禮忽然清醒了過來。

「你說晨霧之家裡的每個人都要吃藥治療，那麼……你有吃嗎？」雷禮詢問泰勒。

泰勒盯著他，表情很奇怪。

「我很聽話，我和其他病患不同，很……我很……」雷禮不確定泰勒要說的那個詞是什麼，但男孩換了個說法。「我的治療情況很好，醫生說我可以暫時停藥。」

雷禮猜想本來泰勒要說的可能是──「我很正常。」

「那伊凡也有按時服藥嗎？」雷禮又問。

泰勒愣住，他張大眼，表情開始變得畏怯及抗拒。

「不，伊凡是特別的……他不需要……還有、還有你問太多了，你最好停止，你會害我被處罰的。」泰勒抱住自己的身體，他蜷縮並顫抖著，把自己縮得好小好小。

泰勒的模樣看上去比雷禮還糟。

「深呼吸，泰勒……」雷禮哄著泰勒，「再讓我問一個問題就好了。」

「不……不……醫生會打我。」泰勒嘟囔著。

「泰勒，是什麼讓伊凡特別？可以告訴我伊凡的姓氏嗎？」這只是雷禮的猜測，就像靈光乍現一樣……

「是不是……伊凡．費雪？」

雷禮問出口時，泰勒停止了發顫，他點點頭，表情像是在問：你怎麼知道？

果然，雷禮的推測是正確的，他一直在想，是什麼讓伊凡成為「特別的」那一個？是什麼讓伊凡精神病患擁有與眾不同的特權——費雪這個姓氏解釋了一切。

伊凡和晨霧之家的資助者，費雪先生有關聯，可能是很親近的血緣關係，兄弟？兒子？孫子？這些都有可能。

這也是為什麼，他們很害怕他對伊凡動手的原因，伊凡又為什麼具有特權。

然而，知道這點並沒讓雷禮有種豁然開朗的感覺，對於伊凡這個人，他還有很多疑問在，比如——是什麼讓他對自己這麼感興趣？

雷禮無法理解，伊凡那雙湛藍的眼睛，讓他胃液翻滾。

伊凡說過，他還想實現更多對他的幻想，幫助他成為他心目中的理想——那指的是什麼？性愛嗎？想讓他成為他的玩具或發洩品嗎？

雷禮瞇起眼，不敢相信自己都已經被丟進這種地方了，居然還要為自己的貞操擔心，這真是夠諷刺的。

「等會兒他們就要進來了，讓你回牢房之前我們會再餵你一些莫洛醫生開的處方藥，請你乖乖聽話……拜託。」泰勒的聲音又沉靜下來，他的情緒總是轉折得很忽然。

他那雙綠眼睛直視著雷禮，帶著懇切。「拜託了……不然他們會像剛剛那樣鞭打你，那很痛……拜託，拜託。」

泰勒說得像是鞭子要落在他身上似的。

「但我不喜歡吃藥，那東西會讓我腦子糊成一團，會讓我無法思考。」雷禮說，這也是他進晨霧之家以來，第一次意識到這個問題。

從被丟進來後，雷禮所反覆受到的待遇就是一陣毒打、吃藥、昏眩、然後是再度的毒打或奇怪的治療，這循環反覆發生，讓他成天在迷離的意識裡徘徊……這是一件多可怕的事？

——晨霧之家是個不讓人思考的地方。

而且這種情形，只要雷禮一天不找出解決辦法，就會一天比一天更嚴重，而誰能知道——他還能撐多久？

「我知道腦子被攪在一塊的感覺很糟……我知道，但習慣後就沒事了，不要思考也很好，不要思考之後就會輕鬆很多，如果你表現得好，有可能也不用吃藥，腦子不再混亂也不用再想事情，一片空白的……很好。」泰勒健談了起來。

但雷禮一點也無法認同他的說法。

如果無法思考，他就無法找出能夠洗清自己罪嫌，逃出去的方法；如果逃不出去，他有沒有可能就必須一輩子待在晨霧之家，整天耽溺於藥物的暈眩之中，最後完美地成為他們之中的一員？

這個想法讓雷禮忽然覺得熱水一點都不燙了，他反而渾身發冷。

不，這種事不能發生，一旦他稍有妥協——事情就沒了轉圜的餘地，這對不起因為他被殺害的露茜和小泰勒。

雷禮必須想辦法逃離現狀，他必須求援，但要向誰尋求援助呢？

雷禮在思考，但沒給他太多的時間，八字鬍帶著他的小跟班皮傑，還有幾個醫護人員進來，警棍敲得水管鏘鏘響。

「時間到了，牛肉煮熟了嗎？」八字鬍說著難笑的笑話，他們笑成一團，邊笑邊解開了浴缸上的帆布，接著把雷禮拽出熱水裡。

雷禮的身體被燙得紅通通的，皮膚一接觸到冷空氣，強烈的暈眩感立刻朝他襲來，他厭惡地擰起眉頭，因為背上的傷口都像是跟著甦醒一樣，疼痛得厲害。

他沒辦法思考了……

「睡覺的時間到啦，好孩子乖乖吃藥，很快就可以睡著了。」八字鬍刻意拍打著雷禮背上的傷，皮傑則是粗魯地拽著他的胳臂，他們將他架到小房間後，抓著他的頭髮逼迫他吃下那堆不知名的藥。

泰勒全程都站在旁邊，一臉憂心忡忡，深怕他又不聽話了一樣。

雷禮被那樣的眼神注視著，最後忘了掙扎。

第四章

雷禮發現自己站在床邊看著自己。

那陰暗狹小的病床上，自己用一種奇怪的姿勢蜷縮起來，雙眼無神，嘴巴張開，口水都流了下來。他看起來很瘦而且很死白，就像那些吸毒過量的毒蟲一樣，身上則沾滿自己的腥騷味尿溺味。

有蒼蠅在自己的身上飛。

死了？

應該是死了。

雷禮平靜地這麼想著，接著卻看到門口走進了羅倫斯。

那面容端正嚴肅的政客手裡捧著白色的花束，敬重地放到了他的屍體上，但他的嘴角卻笑得很暢快，然後他用鏟子鏟了把土到他身上，假意地表示敬重。

雷禮的怒火直直往上竄騰，當羅倫斯要轉身離開時，他企圖追上去，狠狠用鏟子往他後腦敲上一記，但不知怎麼地，他忽然就動彈不得了，彷彿靈魂被吸回了床上的那具屍體。

雷禮就這麼躺在床上，動彈不得，無法出聲也無法呼吸，而他的手裡依舊握著那隻小小的、冰冷的手……

泰勒，他的小兒子。

然而當雷禮抬起視線，手裡的那隻小手卻不見了，也沒有泰勒那小小的身體存在，床邊只有無盡的黑暗，以及一隻白皙的手。

有人從床邊探出頭來，接著坐到他的床邊，還把手放進了他的手裡。

那隻手纏了上來，手指糾結住他的手指。

雷禮抬起視線，金髮的男人看上去好美好美，湛藍的雙眼像大海一樣清澈，他嫣紅的唇瓣說著些什麼，雷禮聽不清楚……

而那纏人的手指則不停地要將他從床上拉起來。

醒醒……

對方似乎是要告訴他這件事。

醒醒……

「醒來！瘋子們，吃飯時間到了！」警棍打在鐵欄杆上的聲音，還有八字鬍的大吼大叫讓雷禮驚醒了。

他的驚醒伴隨著深深的呼吸，前一個夢讓他近乎窒息。

雷禮將自己昏睡中拽起，他搖搖晃晃地走下床，眼前的視線依然旋轉著。

好餓，但是又好想吐……

雷禮用手按住臉頰，他的鬍渣長了出來，臉卻瘦了一圈，他根本不知道自己現在的獏樣看上去有多狼狽。

「動作快啊！雷雷，大家都在等你。」

雷禮聽見八字鬍的腳步聲往自己走來，他急忙抬手示意對方停下。

「我可以……我自己可以走。」雷禮扶著牆壁，他說話有些大舌頭，那些藥物不知道是不是連他的舌頭也麻痺了。

八字鬍在他身邊徘徊了會兒，最後用警棍敲了敲牆壁。

「動作快！」

雷禮這才放鬆下身子，攙扶著牆壁緩慢前進。

從上回被熱水燙了半熟之後，時間已經過了多久？幾天？幾十天？雷禮一點概念也沒有。

因為他攻擊伊凡的舉動，又遭到晏西神父的閉關懲罰，這次的時間比上次更久，他整天就被關在暗無天日的小病房內，三餐則是由泰勒負責送進來給他。

而理所當然的，那些餐食裡是有下藥的。

泰勒總是從病房門下的送餐口，輕輕地為他推進那些跟餿水差不多的餐點，然後輕聲對他說：快吃，拜託……就如同他先前給他的建議那樣，他不停地催促他乖乖用餐，吃藥。

但雷禮並沒有聽從泰勒的建議，頭幾餐，他選擇拒絕吃下那些被安了處方藥的食物，正如他所說過的，他需要清楚的腦子去思考事情。

但餓了幾餐後，雷禮卻發現這也不是個可行的點子。

禁食讓他的身子餓壞了，他開始變得注意力渙散而且無力，就如同泰勒所說的，如果他不吃，也就只剩餓死這條途徑而已。

這讓雷禮處於一個進退不得的狀態——

不知道是第幾天時，雷禮終於放棄了，他開始進食，吃下那些難吃的食物，然而他的理智和思維，卻也在他想出任何方法前開始變得迷糊，昏眩，有時候他甚至會出現幻覺。

露茜和她老公，以及泰勒的屍體常常會出現在角落，並且散發出一股若有似無的腐朽味，而他只能動也不動地躺在床上，像死去一樣，而那金髮的美麗男人總是坐在他的床邊，和他手握著手。

雷禮的幻覺裡總是會出現伊凡這個人，他就像被下了某種暗示一樣，要他把伊凡牢牢烙印在腦海裡。

——那是件很可怕的事。

雷禮沒有病，但他卻必須日以繼夜的吞下那些會讓他產生幻覺的藥物，莫洛的處方藥或許對那些病患有用，但對雷禮來說，卻像在吸毒一樣。

他的身體會慢慢習慣，精神卻會漸漸崩潰。

雷禮必須先斷掉被強迫餵藥的情況，但他該怎麼做？誰能幫他？

「雷雷！好不容易能出來放風，動作就不會快點嗎？」八字鬍吼著。

雷禮恨死這個綽號了，但他沒應話，如果笨到在這時候又和警衛起爭執，他大概也不用繼續玩了。

雷禮努力加快步伐往餐廳走去，他走進那明亮的餐廳內時，幾乎是跌跌撞撞地進到位置上，有病患在笑他，有病患因為他的大動作啜泣起來，但更多人像是遊魂，連他進來也沒注意到。

雷禮一坐下來，泰勒替他送上了餐食。

「快吃，你看上去餓壞了。」泰勒在他耳邊輕喃。

雷禮看著眼前稀糊糊的菜色，胃部還是不爭氣地叫了起來，現在的每一餐都是個挑戰——吃或不吃？

雷禮一手遮眼，餐廳裡的明亮度依舊過頭了，他另一手拿著叉子挑著餐盤裡的那坨蔬菜泥，徘徊與掙扎，不知道過了多久，直到有人在他身邊坐下。

「你看起來糟透了，需要好好餵上一餐，洗個熱水澡，還有刮一刮鬍子。」一隻手滑到雷禮的腰上，輕輕地將他攬住。

雷禮渾身緊繃，不用想也知道那是誰。

伊凡的身上帶著一股消毒水混合著肥皂水的氣味，這讓雷禮想起來他被泡在熱水裡接受治療的情景，那個地下室也溢滿類似的味道。

雷禮放下叉子，他拉開伊凡環在他腰上的手。

「別碰我。」雷禮沒心情陪伊凡玩遊戲，他盯著盤裡的食物，不知道為什麼，連看都不想看伊凡一眼。

但伊凡的手指還是很纏人地爬上了他的手指，並深入他的指縫間，緊緊握住他的手，像個多年不見的愛人。

纏繞在一起的手指讓雷禮想起了幾天來的夢，伊凡一直握著他的手，一直一直。

「你很煩……」雷禮瞪向伊凡，伊凡臉上的微笑卻讓他愣住了。

伊凡確實是特別的，他的臉上看不到病容，年輕人俊美得不可思議，誰會相信這樣的人是個精神病患？

「你不吃東西嗎？你看上去瘦了一圈。」伊凡拉起雷禮的手並親吻他的手指，然後用拇指磨蹭著他的手背。

甩掉對方的手！最好再痛揍他漂亮的臉幾拳！

雷禮本該這麼做的，幾天前他會選擇這麼做，但現在呢？如果真的對伊凡動手，結果會如何是顯而易見的事，他會被拖去吊起來再毒打一頓，泰勒可能會被拖下水，然後他們會繼續將他關禁閉，並且持續逼他吃藥……

不，現在不能步上之前的後塵，這麼做對他完全沒有任何效益。

「你纏著我到底想幹嘛？伊凡．費雪。」雷禮抽開了手，並且將手緊緊壓在桌上。

「喔，你知道了我的姓氏，誰告訴你的，泰勒？」伊凡的臉一下子亮了起來，他的手撫上雷禮的後腦勺，像在撫摸大貓一般。

「那和泰勒沒有關係。」雷禮很快地撇清，他直覺性地不想替泰勒惹上麻煩。

伊凡的手頓了一下。「那是誰跟你說的？」

「沒有人，我自己猜測的。」雷禮撇清，他看著桌上的食物，拿起叉子插了一口準備往嘴裡送，卻又停住。

吃這些食物時會讓雷禮嚐到藥的苦味，隱隱令他作嘔。

「是嗎……那真是令人敬佩。」伊凡哼了幾聲，又問：「你還知道些什麼關於我的事？」他語帶興奮。

「沒有了。」雷禮說，他深呼吸，硬是挖了一匙蔬菜泥放進嘴裡，他需要吃東西，但那股苦味讓他馬上就吐了出來。

他吐得像個小孩子一樣。

不，不行，明明知道裡面有放藥，到底要怎麼吃它？這幾天雷禮也一直遭逢著同樣的困擾，他沒辦法好好吃下這些食物，他必須很勉強地才能強迫自己塞進這些食物。

「不，這真是太糟糕了。」伊凡說。

雷禮以為伊凡是嫌他噁心，這樣也好，正中他的下懷，如果可以讓伊凡遠離他，他不介意多吐幾次。

但伊凡說的卻不是這件事情。

「你不喜歡你的食物，對吧？它們看上去可真是糟透了。」伊凡推開了雷禮面前的食物，還拿了紙巾幫他擦嘴。

雷禮嘖了聲，要拉開對方的手，但伊凡這回卻異常堅持，他用手指掐著他的後頸，強迫性地替他清潔。

「他們在裡面加了安眠藥和鎮定的藥，所以吃起來會苦，對不對？」幫雷禮清理完嘴巴，伊凡才肯放手。

雷禮把餐桌弄得一團亂，負責餐桌禮儀的修女本該拿著長尺過來教訓他一頓，但她卻沒有過來，伊凡身邊總是沒有任何人敢靠近。

泰勒被叫過來清理雷禮弄出的殘局，他匆忙地清理桌面，看都沒敢看伊凡一眼。

雷禮的食物被收走了，與此同時，伊凡的餐點卻被送了上來。

熱的濃湯、沙拉、剛烤好的麵包以及煎過的小羊排，聞到香氣的雷禮，肚子幾乎在同一時間開始咕嚕咕嚕地叫著。

伊凡的餐點可能比這家病院的任何人都還得好，而且，裡面沒下藥。

伊凡拿起刀叉開始切起自己的食物，不急不徐，將每一份食物都切成剛好可以入口的大小。

雷禮盯著伊凡盤裡的食物，唾沫充斥著他的口腔。

「你想要吃一點嗎？」伊凡用叉子插著肉塊，遞到了他的面前。

上回也是這樣，可是上回雷禮拒絕了，堅持吃自己的食物，而伊凡說他會後悔的，他也確實後悔了……

雷禮吞了口唾沫，乾淨的美食當前，他實在想不出任何拒絕的理由，如果他又拒絕了，那麼下一餐，還是那些被摻了藥物的餿水。

僵持幾秒後，雷禮最終迫不得以地妥協了。

「我自己來……」雷禮動手要接過叉子，卻被伊凡拒絕了。

「不，雷禮，把手放下來。」伊凡堅持。「這是我的食物，你這樣並不禮貌。」

雷禮的表情僵硬，他的耳朵在發熱。

為什麼還要談禮不禮貌的問題？堅持要用餵食的方式餵一個比自己還年長的男人，難不成這就有禮貌了嗎？

「張開你的嘴，雷禮，還是你想吃自己的食物？」伊凡的叉子抵上雷禮的嘴唇。

雷禮深呼吸著，他不甘願被這樣餵食，可是還有其他人能幫助他嗎？而伊凡現在看起來像是唯一能幫助他的人……

僵持了大約幾秒後，雷禮張嘴，讓伊凡餵他。

他的第一口進食讓伊凡露出了十分燦爛的笑容，讓人渾身發顫的那種。

「好吃嗎？」伊凡問。

雷禮沒有回答，他專心地咀嚼著這些天來唯一正常的一餐，雞肉和蔬菜裡一點苦味也沒有，新鮮好吃得很。

雷禮戀戀不捨地吞下那一口，他以為伊凡只會餵他一次，但伊凡又遞上幾口，雷禮只好順勢張嘴。

伊凡的餵食沒有間斷，只會在替他擦嘴時稍微停下。

雷禮就這麼被餵掉整整一餐，他被送來晨霧之家後，很久沒有這種飽足感了。

「要再來一點嗎？」伊凡將餵過雷禮的叉子放進嘴裡吮著，動作再自然不過。

雷禮搖頭，他將臉埋進手指之中，滿足食慾之後，思緒似乎才清醒了點。

「如果你不介意的話，我要再來一點，今天廚房大媽煮的菜特別好吃。」伊凡招了手要泰勒再幫他送些食物來，泰勒照作了。

泰勒離開時看了雷禮一眼，但雷禮別開了視線，他沉默著，需要消化一下那些美味的食物和剛才發生的事情。

伊凡用刀叉切著食物，自己這才津津有味地吃了起來，至於剛剛那盤食物，是專程餵給雷禮吃的。

雷禮盯著伊凡精緻的側臉，他忍不住問：「為什麼？」

「嗯？」伊凡發出輕哼，聽上去心情很好。

「你是在幫我嗎？」

伊凡細嚼慢嚥，緩緩吞下後才回答：「如果不想再吃藥，以後你只能吃我餵的食物。」

「我可以自己吃，如果你要幫我，只需要反應一聲，幫我弄到正常的食物……費雪這姓氏應該可以幫你辦到吧？」雷禮低聲警告著，他需要伊凡的這項幫助，但卻不需要被當成寵物一樣餵食。

「不，你只能吃我餵的食物，我說過了。」伊凡張大那雙漂亮的眼和雷禮強調，語氣不容拒絕。「這是規矩，雷禮，遵守規矩。」

這王八蛋——

雷禮惱怒地脹紅了臉，他深呼吸，企圖讓自己冷靜下來。

也許跟個神經病談條件本來就是自己不應該。

「為什麼要幫我？」雷禮靜下心，現在不是他為了這種事發火的時候，他必須把握時間和伊凡談談。

「我不喜歡你現在的樣子，再結實一點會更好，你需要體力……就各種層面而言。」伊凡低下頭，在雷禮耳邊悄聲說話：「諸如抵抗、諸如逃跑、諸如性愛……」

雷禮的耳垂被重重咬了一口，他反射性地站起身要遠離，卻被伊凡拉住了手。

年輕男人的手指緊緊握著雷禮的手腕，力道之大讓雷禮的腕部隱隱作痛著。

「坐下，雷禮，在我身邊時不許離開，除非我同意。」伊凡面無表情地直視著人的時候，雙眼看起來特別的明亮，但同時，也清澈得讓人畏懼。

「我不需要你的同意！」雷禮遮著耳朵，他的耳垂被咬出了齒痕。

「你現在離開，他們會立刻餵你吃藥。」伊凡放輕了力道，雷禮隨時可以抽手走人。「警衛和護士們不是傻瓜，他們盯著你的一舉一動，知道你沒有吃藥。」

雷禮的腳步停頓住了，一旦和伊凡對上了視線，目光就像被吸住了般，難以移轉。

「如果你現在離開，他們會壓制住你，扳開你的嘴，逼你吞下一堆你說不出名字的精神科用藥。」伊凡放開了雷禮的手，而雷禮依舊站在原地不動。

雷禮按著手腕，腦海裡閃過很多種想法，他有一陣子沒有這麼清醒了……而他需要這種清醒。

「如果我不離開呢？」雷禮問。

「那麼……我們就可以進行一場私人的談話。」伊凡淺淺地微笑著。

雷禮安靜地坐在伊凡身邊，等他像個大少爺般優雅地將盤裡的食物咀嚼殆盡並吞入，他們一句話也沒說上。

雷禮的配合讓他換來了伊凡的邀請。

我想邀請你到我的房間，讓我們能單獨說話——伊凡是這麼說的。

和伊凡單獨對話？這個邀約對雷禮來說既危險卻又吸引人。

雷禮確實有很多問題想詢問伊凡，在沒人打擾的環境下……但一方面，他卻又不想和伊凡單獨相處。

伊凡對自己的興趣超乎雷禮所想像的，他就不懂，是什麼原因讓伊凡對他這樣一個年長的高大男人如此執著？

年輕的美麗男人，那雙湛藍的眼眸，視線是否透過了他的皮肉，從他靈魂深處看透了某種特質，某種吸引他的特質。

雷禮注視著伊凡那排金色的長睫毛，對方正好吃完最後一口，抬起了眼。

雷禮則像做了壞事被活逮般地避掉與伊凡之間的對視。

「待會兒修女會帶著藥過來要你吃，警衛會在旁邊盯著，你必須在他們面前把藥乖乖吃下去。」伊凡說。

「什麼？」雷禮的聲音幾乎拔高了八度。

如果最後還是要吃藥，那剛才算什麼？

「別這麼大聲，雷禮，別傻傻地把藥吞下去吶，含住，別吞，把藥藏在你的舌頭下面，我會找到它。」伊凡將臉撐在手上，當他看著雷禮時，那目光總像在欣賞一件藝術品。

「我聽不懂你在說什麼。」雷禮覺得頭疼。

「總之，永遠照我的話做，你會得到你想要的，我也會得到我想要的。」伊凡笑開來，美麗得很，卻讓人不自主地厭惡著。

雷禮正要開口再說些什麼，小鳥抱著一碗彩色的糖粒穀片出現了。

女孩今天出現的比其他人都還要再晚一點，但當她一出現，雷禮馬上就注意到她了，因為女孩的左眼上包著紗布，嘴角還有瘀青。

怎麼回事？雷禮盯著小鳥。

小鳥就這麼抱著那碗穀片，像在抱她的小熊玩偶一樣，當她一看到雷禮，就面無表情地走了過來，坐到雷禮和伊凡對面。

小鳥從碗裡撈了幾粒穀片出來，用上次的方式一顆一顆遞給了雷禮和伊凡，像隻鳥媽媽般，而雷禮和伊凡是她巢中的小雛鳥。

伊凡面露微笑，慢慢地吃起那些糖片。

雷禮捏了顆糖粒在手中，穀片很快地沾黏住了他的指腹。

小鳥看著雷禮，一動也不動，像個瓷娃娃。

雷禮在小鳥的注視下說了聲謝謝後，才將甜膩膩的穀片放入嘴裡，當他開始咀嚼，小鳥才動起了碗裡的食物。

「妳為什麼受傷了？怎麼傷的？」躊躇了一會兒，雷禮問出口。

小鳥沒有理會他，她抓著湯匙，強迫性地將穀片塞了滿嘴。

「是獵人，對吧？」伊凡說，他看著小鳥。

「什麼獵人？」這下雷禮真的聽不懂了。

伊凡這回也沒有理會雷禮，他繼續對著小鳥說：「可是，還沒結束吶——老婆婆帶著毒藥來了，在把毒藥餵給雷禮後，獵人也會帶著獵槍來。」

伊凡說著的同時，一個看上去很老的老修女手裡拿著小杯子朝雷禮走了過來，她的皮鞋踏在地上，發出了響亮的聲音。

「我可以保護雷禮免於毒藥的危難，但妳呢？妳可以保護自己嗎？」伊凡繼續對小鳥說著，而小鳥停止了一切的動作。

在雷禮釐清眼前的狀況之前，老修女站到了雷禮的面前，她布滿皺紋的臉既莊嚴卻又慈祥。她將小杯子遞給雷禮，裡頭裝著好幾顆藥物，包著糖衣，跟彩色穀片一樣。

雷禮的眼角餘光瞄到了拿著警棍的八字鬍，他的視線正望著這裡，像獵人觀察獵物一般專注。

「妳可以保護自己嗎？」伊凡又問小鳥。

「來，吃下去，吃完之後你會感覺好多了。」老修女同時開口，小杯子被塞入雷禮的手裡。「乖乖吃藥，如果我們知道你很聽話，以後就不會強迫你吃，你不喜歡被別人掐著嘴巴塞藥吧？」

老修女的語氣連哄帶騙，她微微彎下腰，把雷禮當作一個需要教化的孩子看待。

「現在，吞下這些藥。」老修女說。

雷禮看著杯中的藥物，他遲疑了一會兒，直到伊凡的手放到他的腰上——雷禮將小杯子放到唇邊，把藥全倒進了嘴裡。

「很好，吞下去，然後張開嘴，我必須檢查一下。」老修女說，「包括舌頭下面。」

雷禮閉著嘴不動，藥片在他舌下變得苦澀，他瞄向八字鬍，八字鬍看他沒反應，甩著警棍走了過來。

現在呢？伊凡騙他？

雷禮正打算著要吐出嘴裡藥片的同時，小鳥忽然尖叫了起來，她摔了桌上的碗，從座位上跑開，瘋狂地大叫著。

「小鳥兒！」老修女發出驚呼聲，八字鬍則跑上前來要制止小鳥，小鳥卻奔出了餐廳，八字鬍一路追了過去。

雷禮的注意力也被小鳥奪去的同時，伊凡伸手扳正了他的臉，毫無預警地吻了上來。他的舌頭溜進雷禮的口腔內，頂起了雷禮的舌片，雷禮只覺得舌尖被微微地吸吮住了，而口腔裡的苦味散得更開了。

等伊凡結束這一吻時，雷禮的口腔濕潤得都溢出了唾沫牽黏，伊凡則是雙眸帶笑地遮著嘴，雷禮看見他用手指伸進嘴拉出了融化的藥丸，然後揉捏進餐巾紙內。

「真是個不乖的女孩！難怪老是受傷。」老修女不滿地評斷著剛才的鬧劇，這才把注意力放回雷禮身上。「快，張開嘴，讓我瞧瞧你有沒有乖乖吃藥。」

雷禮望著老修女，他沉靜地張開嘴，因為藥丸已經不在他嘴裡了。

「快來，別讓他們發現了……」

雷禮的手指被伊凡的手指緊緊拉扯著，被他一路拉往走廊的另一端。

雷禮的病房在相對的另一處，最邊間，所以必須越過窄而長又深的走道才能抵達，每走一步就像踏入深淵般，整個人都像要被吸進去了似的；但伊凡的病房就不同了，去他病房的那條走廊又寬敞又明亮，每一步都像踏入光暈之中，好像人已經站到了外頭明亮的世界一樣。

雷禮被伊凡一路拉到走廊末端，那個寫著三號的病房。

伊凡帶著雷禮推門而入，他的房門未被上鎖，就像個普通的房間一樣。

伊凡的房間光照充足，柔黃的燈光讓房間裡看起來既溫暖又溫馨，不像他的病房，窄小又骯髒，伊凡的病房用的甚至還是木頭地板。

雷禮環視了房間一周，房間內有張雙人床，兩張單人沙發和一張茶几，旁邊還有座書櫃，上面擺滿了各式各樣的書，大部分是心理學類的書籍。

「快坐下。」伊凡指指雷禮身旁的沙發椅，自己則坐上了另一張沙發椅。

雷禮踟躕了會兒，他靜靜地坐下，角落堆了幾隻看上去很突兀的陳舊玩偶，那讓他有些在意。

「你對小鳥做了什麼？」雷禮將身體向前傾，他看向伊凡。問話能讓他的心情平靜。

「你指的是什麼？」伊凡問，平常人這麼回答時，雷禮總是看得出對方在裝傻，但伊凡的模樣卻完全不像。

伊凡和雷禮中間有張木桌，木桌上放著一盤西洋棋，伊凡巧手地整理著紊亂的盤局，因為先前那盤看上去進入了一個死胡同內。

「為什麼小鳥會有這樣的反應？獵人攻擊她是什麼意思？他們對她施暴嗎？」雷禮問。

伊凡依舊從容不迫地整理他的棋盤，他看上去心情不錯，接著更用一種像在閒聊的語氣問道：「你知道他們常說……在半夜的時候，小鳥的病房裡常常會傳來小鳥的歌聲嗎？」

「小鳥的歌聲？」

「小鳥會唱著悲傷的歌，直到病人們也跟著唱了起來。」伊凡將最後的棋排好。

「我不明白你的意思。」

「我們來下盤棋吧？雷禮。」伊凡忽然轉移了話題，並不是刻意的，卻像是他對前一個話題已經沒了興趣。

「我不想下棋，我還有很多問題想問你，比如說，你是費雪先生的誰？你和羅倫斯有沒有關係？你認識他嗎？」雷禮問，這是他真正想知道的答案。

然而伊凡卻變了表情，他沉默地望著雷禮，臉上一絲笑容也沒有，他出奇的美麗卻讓此刻的他看上去充滿威脅性。

「雷禮，你這樣的行為讓我很不高興，我幫了你很多忙，我讓你逃掉吃藥，也讓你和我進行私人的談話，現在你還沒予給我任何回饋，卻又要我給予你更多……這並不公平。」伊凡坐正，他將身體向前傾，動作和雷禮一模一樣，而那是雷禮在審問嫌犯時的習慣動作。

雷禮忍不住將身體往後仰，年輕的男人在剛剛將談話的主控權移轉了。

「我知道，我很謝謝你的幫助，但我……」雷禮的雙手交疊，他沉聲，想再度將話題導正，可是伊凡卻再度打斷了他。

「我們要制定一些規矩，一些你應該遵守的規矩，這樣這場談話才有辦法繼續進行下去。」伊凡的態度又更強硬了些。

雷禮不高興地深吸了口氣，伊凡在跟他談條件，沒讓他輕易地問到他想要的答案。雷禮辦過很多件刑案，會談條件的犯人不多，而這種人通常也最為棘手。

「好，你說說看，有什麼規矩。」雷禮的雙手緊握。

「第一，如果想要得到我的任何幫助，你就必須要聽我的話；第二，如果你有任何問題，必須從我這裡得到答案，那就必須用自己跟我交換。」伊凡的眼神亮了起來，他起身走向雷禮。

當年輕男人走到身邊時，雷禮緊張了起來，即便是在和犯人對峙時，他也從沒這麼緊張過。

「用我自己是什麼意思？」雷禮問，他抬頭，伊凡則是低著頭，他的臉部逆光，柔軟的金色髮絲垂落。

「取悅我、使我歡愉，或成為我理想中的你。」

「成為你理想中的我……？」雷禮擰起眉頭，伊凡的話總是讓人難以理解。

「這個不急，我們必須慢慢使你成長、使你茁壯。」伊凡喃喃自語著，「但前者，以現在的你，卻可以輕易辦到。」

「取悅你？只需要陪你下棋就好了嗎？」雷禮哼了聲，他努力使自己鎮靜下來，卻讓伊凡有機可趁，身影整個覆蓋在他身上。

「不，不只下棋，當然是更重要的……雷禮，你讓我產生了某種衝動，我不知道該如何命名這種衝動，但我並不喜歡它，我需要宣洩它，而你是最好的管道。」

伊凡的手捧著雷禮的臉頰，他真誠地說：「我必須填滿你的身體，讓你承受我所有的躁動和情緒，如果我這麼做了，我一定能很快樂。」

「這不用找我，你可以找別人，他們會幫你……」

「不，只有你可以，因為只有你讓我有這種慾望啊！」伊凡拍了拍雷禮的臉頰，他接著傾身親吻雷禮。

臉頰的濕暖觸感讓雷禮推開伊凡，一下子跳了起來，他的動作弄翻了伊凡整理的棋盤。

「離我遠一點！我才不想要遵守什麼他媽的規矩！」雷禮伸出手和伊凡保持一段距離。「我問話，你只需要告訴我答案就好！你不會得到任何回饋。」

「別這樣，雷禮……你不和我下棋，又弄亂了我剛排好的棋，我不喜歡這樣，這不是我們約好要談話時你應該有的表現。」伊凡撥了撥頭髮，一臉無奈地看著地上的棋盤，他蹲下來整理起來，一邊面無表情地訓斥著雷禮：「現在，在我生氣並且動手之前，你應該去床上等著。」

「我說了我不要，你沒有聽懂我的話嗎？」雷禮忍不住對伊凡低吼，「我沒有像你一樣的興趣，也沒有義務去滿足你。」

「你有義務，因為我已經給予你幫助了。」伊凡停下整理的動作，他起身，直視著雷禮，他湛藍的雙眼中充滿困惑，像是不解為什麼雷禮沒能釐清這麼簡單的事情。

「你不停地從我身上獲得協助及解答，就必須要給予我應得的回饋，否則這違反我們所制定的規矩。」伊凡走向雷禮，但在雷禮退後之前他停下了。「再說，你不配合規矩的話，我們之間的關係該怎麼繼續進行？你知道這樣我將不能再給予你任何幫助嗎？」

「你必須幫我，我不介意用強硬的手段逼迫你幫助我。」雷禮沉聲，站定腳步。

他可以把對話的主導權扭轉，或許他可以反過來逼迫伊凡，畢竟伊凡只是個精神病患，也許嚇唬和恐嚇伊凡能使他乖乖聽話配合，並且受制於他……

「逼迫我幫助你？」伊凡張大了眼睛，他遮著嘴，彷彿在極力忍耐著別笑出來。「你打算怎麼做？」

伊凡邁開步伐，在雷禮下意識往後退之前，他跟進，一把抓住了雷禮的胳臂，把雷禮困在他與牆壁之間。「告訴我……你打算怎麼做？」

肥皂香和消毒水的味道竄了上來，掐在手臂上的力道很大，雷禮企圖推開對方，但並沒有成功。

「小心點，你想被揍到爬不起來嗎？我可以這麼做的，打斷你脆弱的手臂和腳踝，這是我受過的訓練。」

不要慌。雷禮的心裡冒出這樣的聲音，他扯住伊凡的衣領，下一步要怎麼做已經很清楚了，他只需要傷害伊凡，然後……

「然後呢？」伊凡的一句話點醒了雷禮。

伊凡的身體貼了上來，沒有空隙地將雷禮緊緊壓在牆上。雷禮的背後是冰冷的牆，胸前的伊凡卻熱得像團火似的，他還能感受到年輕男人跨間的生氣蓬勃，那硬物緊緊地貼在自己的大腿之上。

「然後你就會得到你想要的嗎？」伊凡的手指纏上雷禮的後腦勺，輕輕地扯緊了他的短髮。「仔細思考一下，雷禮，你和其他人不同，你現在可以思考了，對嗎？因為我給予了你這樣的權利。」

伊凡吻了上來，雷禮卻像渾身被凍僵了一樣，他動彈不得，被困在伊凡架設的牢籠中。

現在並沒有任何人在，他可以出拳，痛揍眼前的傢伙一頓，然而他的身體卻像被制約了一樣，他的腦袋也在告訴他，如果他真的對伊凡出手了，他的下場會很慘。

警衛和醫生會輪流毒打他，晏西神父會將他所在那間暗無天日的小病房內折磨他，更糟的是，他可能就這麼死了……而在外頭的羅倫斯，將會笑著為他哀悼。

伊凡的舌頭伸了進來，這一吻粗暴而猛烈，雷禮不喜歡自己舌尖被輕輕吸吮的感覺。

扯著他後腦的手放鬆開來，雷禮被伊凡用雙手擁住了腰際，而他的手卻只能死死抓在伊凡的病人服上。

那種感覺就像是溺水了一般，伊凡是壓著他的沉石，但一方面，如果擺脫了沉石往海面上游，等待他的也只有一片火海……

伊凡的手指往下潛，深入了雷禮的褲頭，那冰冷修長的手指在他的臀上徘徊，最後深入了臀隙之間。

那手指推進雷禮乾澀的入口時，強烈的被入侵感讓雷禮整個身子繃緊，並且叫了出來。

伊凡卻緊緊咬了他的下唇一口，湛藍色的眸子則是露出難以言喻的光芒，彷彿充滿了淚水一般，他對著雷禮低喃：「你身體裡像有火在燒一樣，我必須射在你的體內還有嘴裡，你要好好地承受我的一切，好嗎？雷禮，讓我們緊緊糾纏在一起，不要分開……」

伊凡的聲音觸動了雷禮的底線，他那深入他體內的手指也讓雷禮無法繼續忍受。

——就算是火海，他也必須鑽出去看看有沒有一線生機。

雷禮推開伊凡，用力將對方撞倒在地上，他們弄翻了伊凡在桌上好不容易整理起來的棋盤，一路扭打在地。

「不准碰我！」雷禮將伊凡壓制在地上，一拳揍到伊凡臉上。

伊凡漂亮的臉濺上血花，血水將他潔白的牙齒染紅——伊凡正對著雷禮微笑，即使被他這麼攻擊，他依舊在對他微笑。

雷禮掐著伊凡的頸子，拳頭卻停到了半空中。

「你在笑什麼？」雷禮粗喘著，惱怒地質問伊凡。「你到底他媽的在笑什麼？」

「記住你現在做的事，還有記住你之後所必須承受的後果，雷禮。」伊凡的手覆蓋到雷禮的手上，跟著一同掐著自己。「去感受，去理解，然後你會徹底明白，你應該怎麼做。」

「別……別再說那些狗屁叨糟的廢話了！」雷禮使勁勒住伊凡的頸子，伊凡的臉被他掐紅了，但卻依舊顯露微笑。

雷禮困惑了，他的腦袋比吃了那些精神科用藥還困惑。

他現在是想殺死伊凡嗎？伊凡做的事情有讓他憤怒到必須殺了他嗎？如果他真的動手殺了伊凡，那他就是個不折不扣的殺人兇手了……

雷禮猶豫了，這份猶豫讓他鬆開了手，伊凡難受地咳了幾聲後，對雷禮笑得更開心了。

「雷禮，我很抱歉，但不合規矩就是該罰……我不想要這樣對你，但你逼得我不這麼對你不行。」伊凡抹了把臉，他看著手上的血漬，舔掉唇上的血，並且開始大聲喊著：「快幫我！誰來幫幫我？我需要幫助！」

「住嘴！不准喊！」雷禮渾身一震，他伸手遮住伊凡的嘴，但外頭很快地傳來了腳步聲。

外面本來就有人了嗎？一直都有人？

雷禮轉過頭時，病房門已經被推開了，幾個警衛衝進來，拿著警棍對雷禮就是一陣痛揍，他們將他壓制在地，還用膝蓋壓住了他的腦袋。

雷禮倒在地上，伊凡將手上的血漬抹到了病人服上後，跟著趴了下來，他那雙藍眼睛和雷禮平行直視著。

「這次會很痛、很可怕，但你要忍耐，因為這是你所必須承受的後果。」

第五章

「咳！咳！咳……嘔！」

雷禮的膝蓋軟倒在地，警衛們把他揍得很慘，豐盛的晚餐浪費了，他吐得一塌糊塗。

雷禮的一隻眼睛腫了起來，渾身上下的骨頭和筋肉都在痛，他上回的傷還沒好，這回又烙上了全新的。

他們把他身上的衣服扒光，將他綁在莫洛的辦公室內。

程序一向都是如此，警衛們先教訓他，然後再轉交給莫洛。

這次他們把他吊了起來，就吊在莫洛的辦公桌前。

莫洛的辦公室裡用來綁人、吊人或鞭打人的器具一應俱全，很難想像為什麼一個醫生會備齊這麼多傷害人的器具。

但再想想泰勒身上的傷，一切似乎也不是這麼的意外。

莫洛第一次拿出棍棒毆打他時，雷禮還有心情耍些嘴皮子，但當第三度迎來鞭打，看到莫洛手上的棍子時，雷禮的身體實在怕了，本能地畏縮著。

他只是凡人，皮肉早就深深記憶了那種疼痛。

莫洛這次下手很重，他一句話也沒有訓斥，而是沉默著，並專注地狠抽雷禮。

雷禮的皮膚被鞭出了條條血痕，好幾次他痛得忍不住叫出聲音來，但這都不是最難以忍受的，讓他最難忍受的是，伊凡就坐在旁邊觀看著這一切。

伊凡沉默地望著雷禮，讓雷禮被狠狠虐打。

雷禮的熱汗冷汗流了全身，時間不知道過了多久，一度他絕望到認為世界上沒有人會幫助他，他將會這麼被莫洛虐打致死。

但恍惚中，雷禮想起了是有這麼一個人能幫他——

雷禮艱困抬起臉，他看了伊凡一眼，僅僅一眼而已。

「莫洛。」在莫洛打雷禮打得連自己也弄得狼狽不堪之際，伊凡忽然開口說話了，他的視線從雷禮臉上放到莫洛身上。「我的臉像有針在刺，快來幫我看看。」

莫洛喘息著，他放下手中的鞭子，順了順黑髮後朝伊凡走去。

「你不應該這麼做的，伊凡，這不是遊戲，你看看他對你做了什麼？」莫洛捧住伊凡的臉，仔細地檢查伊凡的傷口。「這麼美麗的一張臉，居然傷成這樣。」

「我喜歡他，莫洛，很喜歡，我無法克制自己不去這麼做。」伊凡語氣平靜地說著，彷彿在說一件跟他無關的事。

「你喜歡他？」莫洛停下了動作，忽然發出笑聲。「不，你在開我玩笑對嗎？你從不會喜歡上任何東西。」

「雷禮像顆很亮的燈泡，會讓你忍不住盯著他看，想動手把他調整得更亮，直到他爆出火花的那一瞬間……」伊凡自顧自地說著他的話。

雷禮無神地盯著地面，血珠滴了下來。

「但他很危險，你應該離他遠一點……」莫洛說。

「不，莫洛……我知道我在做什麼，別阻止我，我想要雷禮，和你想要那些年輕的男孩一樣……我是這麼認為的。」伊凡的聲音變得冰冷，「這樣你能理解我了嗎？」

「不，我沒有想要那些年輕的男孩……我沒有。」莫洛的聲音忽然變得飄忽。

「但你鞭打、凌虐並且把你的性器放入他們的小穴內，對嗎？我知道你都對泰勒做這些事，我以前不能明白你這麼做的動機，只是純粹覺得泰勒身上的勒痕很美，你創造了藝術品，但我現在能夠理解你背後的動機了……見到雷禮之後我理解了。」伊凡說。

「不是你說的那樣！我沒有凌虐他們，是他們做錯了事情，是泰勒做錯了事情……」莫洛的聲音一下子拔高。

「那為什麼把你的性器放入他們的小穴內呢？」伊凡的話卻堵住了莫洛的激昂，「你做的事情和警衛們對小鳥做的事情有什麼不同？」

「伊凡，停下來，你再說這種話我就要和晏西神父說了！」莫洛吼道，他退開，避之唯恐不及，彷彿在他面前的是什麼可怕的幻覺。

「不用擔心，莫洛，晏西神父不也曾在夜晚聽著小鳥歌唱？他和你是一樣的……晨霧之家裡的每個人都是一樣的。」伊凡又說，他壓低的聲音有著某種讓人迷醉專注的魔力。

莫洛確實性侵、虐待著泰勒——但晏西神父也在夜晚聽著小鳥唱歌？每個人都是一樣的？

——這些話的含意是什麼？雷禮在內心思索著，隨著思緒的越發深沉，他幾乎猜到了那令人心碎的答案。

在這座晨霧之家，到底還有什麼人是正常的？

「夠了！伊凡，我不想再和你對話了……停下來。」莫洛遮著嘴，一臉慘白。「不管你說什麼，我始終必須用強烈一點的手段治療這個男人，因為他傷害了你。」

「喔！請盡管做吧……雷禮和我有過約定，而他破壞了約定，所以他確實該知道這一切會有什麼後果。」伊凡說，「我要求的只是讓你別阻止我和雷禮之間的結合。」

莫洛和伊凡之間出現了一小段時間的沉默，這沉默像是代表了莫洛的同意。

「我不知道你為什麼對這個男人這麼執著，但若你是在他進行著什麼心理實驗，請停止……別忘了你母親和過往的那些事情，你不應該再做類似的循環，那對你的心理狀態不好。」

「心理實驗？對我的心理狀態不好？醫生你這麼說太誇張了。」伊凡笑出聲來，他起身，走到雷禮面前，輕輕捧起他的臉。「我一直都是心理狀態最正常的人，只是你們沒人相信我，就像沒人相信雷禮一樣。」

伊凡笑露了一排牙齒，很美的笑容，讓雷禮注視得出神了。

「我和雷禮，我們和你們不同。」

雷禮被放下來的時候，他以為一切的懲罰就到此為止，事情沒他想像得這麼糟，也沒伊凡說得嚴重。

他們接著會將他關進小病房內，讓他禁食個幾天幾夜，他會很痛苦，但一切會過去，他會撐過來的，或許還有機會想想下一步該怎麼走。

但雷禮錯了，被皮傑和他的醫護同事們強迫按到擔架上後，他就發現他錯了。

他們用皮帶綁住他，讓他不得動彈，雷禮企圖掙扎，卻徒勞無功。

「放開我！」雷禮大吼大叫著，但沒人理他。

「要不要施打鎮定劑？」皮傑問問。

「用麻醉劑，但量不要太多，讓他保持清醒。」莫洛回答，他們走來走去，忙進忙出地準備著什麼，接著有人在他頸子上打了一針。

伊凡趁著這個空檔來到雷禮的身邊，他低下頭，先是看著雷禮，然後給了他輕柔的一吻。

「忍耐，雷禮……」

「伊凡……」

伊凡對他微笑，接著他轉身離去。

在晨霧之家待的這些天以來，雷禮第一次慌了，不安感在他心中膨脹——他們要對他做什麼？傷害伊凡的代價是什麼？

雷禮被皮傑他們推出房間，一路推進了另一間小醫療房內。

昏暗的房間裡放著幾台機器，雷禮的頭也被固定住了，只能用眼角餘光觀察四周。他什麼也看不清楚，只知道機器上有類似汽車上的儀表板。

他的手指和腳趾有些地方開始麻痺，但雷禮不清楚是因為麻醉劑的關係，還是因為恐懼的關係。

「停下來！我不知道你們要做什麼……但停下來！」雷禮喊著，卻被皮傑和幾個人掐住下顎，他們在他嘴裡塞了某種包著布的硬物讓他咬住，並且禁止他吐出來。

「準備好電擊……」雷禮聽見莫洛說。

一群人在雷禮身邊穿梭來穿梭去，下一秒，卻全都在他身旁就定位了，他們十幾雙眼盯著他，像雕像一般，在雷禮的眼中靜止。

而雷禮就像玻璃箱裡供人觀賞的器物。

在動的只有莫洛，他壓住雷禮的額頭，把某種東西放到了他的額際兩側，那東西冰冷而堅硬，死死抵著他的太陽穴，寒氣直竄他的腦心。

「準備好了嗎？設定電流……」莫洛又說，這過程中他都看著雷禮，雷禮看見自己的身影映在對方的鏡片上。

「聽我的指令，五、四、三……」

雷禮的心臟跟著莫洛的聲音顫動。

「二、一。」

接著發生的事情很難形容，雷禮眼前，天花板上的燈泡忽然爆開了，但他沒有聽到爆炸聲，而燈泡爆開後，室內變得很亮，亮得他眼前一片空白，什麼也看不見。

有東西在他身體裡鑽動，那東西把他的每一條血管、肌肉的筋和骨頭全都糾結在一起，並緊緊地壓縮捏扁他的五臟六腑。

雷禮的手指和腳趾都因痙攣而蜷縮著，他聞到了燒焦味，他的身體燒了起來，他全身上下的每一吋肌膚都被烤焦了，而他的皮膚一定從腦門一路裂到了腹部。

痛……很痛……令人難以忍受。

就和伊凡所說的一樣，這次的痛比以往都來得更甚，沒有任何事情足以讓他分心，他被迫專心在眼前那明晃晃的白和身體的疼痛上。

他的身體要燒到連餘燼都不剩了……

——他無法忍耐。

雷禮抬起自己的手，在燈光下反覆觀看，他的皮膚完好如初，上頭只有被鞭打過後留下的淤青，可是為什麼呢？為什麼他會一直聞到燒焦的氣味？

雷禮放下手，他看著坐在對面的人。

老人的頭髮梳得很整齊，但只有頭髮，他的臉和衣服全都很髒亂，他深邃凹陷的眼眶裡，灰色的眼珠盯著雷禮看，什麼也不說，他只是盯著他不動。

雷禮抬頭環顧四周——這裡是哪裡？他為什麼會在這裡？

雷禮很努力地想著，但他的專注力渙散，在聚焦尋找問題的答案前，他總是會因為其他的事情而分心，比如說老人泛黃的牙齒，沾染血漬的衣服……

這些天來一直是如此，自從燈泡在他眼前爆開後——

想起電流通過髮梢、身體和指尖的那一霎那，雷禮還是會痛得全身打顫。

「專心點……專心點。」雷禮喃喃自語著，他用手指按住發疼的太陽穴。

這時，那個金髮的年輕男人走了過來，坐在雷禮對面的老人因為金髮男人的接近，而露出了慌恐的神情，他倉促地拄著拐杖離開，看他們的神情像看怪物一樣。

雷禮盯著美麗的金髮男人，他將椅子拉近，取而代之坐到雷禮面前。

「雷禮……他們終於把你從房間裡放出來了嗎？我很想你。」金髮男人說。

「伊凡……」雷禮看著金髮男人臉上淡去的傷痕，對方是他唯一能立刻記起名字的人。

「你還好嗎？你看起來又瘦了，眼圈也很重。」伊凡問，他的聲音很輕很柔。

「伊凡……我的房間好亮，一天二十四小時都是亮著的，最近好不容易不這麼亮了。」雷禮抱著頭，他心裡有個聲音要他閉嘴，不要和對方說這麼多，但說出來卻又會讓他感到舒暢。「他們給我吃的食物很苦，最近連水都開始苦了。」

「今天也是嗎？」伊凡問，他的手放到雷禮後腦勺上磨娑。

「今天更苦了，我不敢吃那些東西，我的腦袋已經夠混亂，我不想變得更迷糊。」為了對付自己，晨霧之家的人一定是持續地在他的食物裡下藥，雷禮想。

對，這裡是晨霧之家，不久前羅倫斯陷害他進來這裡，而他因為違逆和攻擊伊凡受了很嚴重的責罰，莫洛卻稱這為治療……

雷禮發現自己可以思考了。

伊凡放在雷禮後腦勺上的手掌很冰冷，卻讓他的躁動逐漸緩和。

「不要吃他們給你的食物就不會苦了，你現在只能吃我給你的食物。」伊凡捧起了雷禮的臉。

雷禮注視著伊凡，他伸手緊握住伊凡的手腕。

——拉開或不拉開？

在雷禮有下一步動作之前，八字鬍甩著警棍走來。

「雷雷……你有訪客，快起來！」八字鬍一把拽起雷禮時，伊凡看了他一眼。

「小心點，別弄壞了我的東西。」雷禮聽見伊凡說。

「我很抱歉……伊凡，但我需要借他一下。」八字鬍輕聲細語，他和伊凡保持了一段距離。

伊凡沒有說話，那默認像是許可，在八字鬍取得同意後，他拉著雷禮離開大廳。

被帶往長廊的路上，雷禮緊張了起來，他很擔心自己會再度被拖去那個小房間內，嘴裡被放入口枷，冰冷的醫療用具抵到他的太陽穴上，接著燃燒他的身體……

「別像隻沒用的喪家犬一樣，有客人要見你呢！」八字鬍邊說邊吹著口哨。

客人？

雷禮擰起了眉頭，他有預感這不會是件好事。

八字鬍和幾個警衛為雷禮帶來了一件病患專用的束衣，雷禮的雙手被束縛住了，就像隻被綁住嘴巴的野狗。

他們把他拖進了一間小房間內，看上去就和警局裡的訊問室沒有兩樣。

雷禮被壓在座位上，他們將他用鐵鍊拴住，接著站在後方等待。

這麼大費周章的綁住他究竟是為了什麼？

雷禮觀察著四周，他發現自己又能夠觀察了，這是件很奇怪的事情，因為這幾天他太餓了，勉強還是塞了幾口那些醫院強迫他吃的，因為摻了藥而苦到不行的食物。

吃下那些食物會換來飽足感，卻也會為他的注意力及專注力帶來無盡的斷層。今天他明明也吃了那些苦得要命的食物和水，但他卻沒有遭受同樣的恍惚和記憶模糊之苦。

這是怎麼回事？

雷禮思索著的同時，房門被打開了，有位女士走了進來。

這位女士的妝容和衣服整齊潔淨，但臉色卻顯得異常疲憊，她看上去像好幾天沒睡了，眼眶紅得嚇人。

起初雷禮並沒有認出對方，因為對方和他最後一次看到她的長相實在差太多了。

那位女士緩慢地走到雷禮對面，她拉開椅子坐下，好久，才願意凝視雷禮的雙眼。

「麗茲……」雷禮喊出對方的名字，一瞬間他的眼神都亮了，因為他在黑暗裡看到了一絲希望。

或許根本不用靠伊凡的幫助他也能逃出去，或許一切都還有機會——他能藉由正常人的幫助逃離這個地方。

雷禮望著麗茲，麗姿是露茜，他的前妻的姐姐，雖然和露茜離婚後就沒有再聯絡，但雷禮和麗姿的關係一直不錯。

麗姿可以幫他，雷禮是這麼認為的，麗姿一定察覺到了有什麼不對勁，她一定察覺到了他不可能會幹出這麼可怕的事情！

張嘴開開闔闔了許久，警衛們都在後頭站著，加上很久沒跟一個「正常人」接觸了，雷禮一時不知道該如何開口表達，才能在不引起太多波瀾的情況下讓麗茲幫助他。

然而就在雷禮猶疑的這一瞬間，滿臉悲傷的女人站了起來，伸手就狠狠刮了雷禮一巴掌。

雷禮被打懵了，他望向麗茲，打了他巴掌的女人崩潰似地開始大哭，並指著他叫罵。

「你為什麼要這麼做！你怎麼能做出這麼殘忍的事情！」

聽見女人指著他大吼出這句話時，雷禮就像是渾身被浸入冰水裡一樣的寒冷。

不，他好不容易抓住的希望也破滅了。

雷禮張大眼看著眼前的女人，女人的臉因為過度的悲傷而扭曲著，她喊著：

「難怪她會離開你！她一開始就不該跟你在一起！」眼神充滿著憎惡和鄙視，毫無往日的信賴。

麗茲一點也不相信他，就如同所有的人，她也深信是雷禮殺了露茜和泰勒。

雷禮癱坐在位子上，原先激烈的心跳逐漸趨緩下來，慢到雷禮幾乎以為自己的心跳要停止了。

胃酸沉甸甸地壓在雷禮的胃部，他覺得噁心想吐，耳朵嗡嗡作響，他已經無心再去聽麗茲的責備了，他必須咬牙硬撐，才能接受這個沒有任何人相信他的事實。

但當麗茲提到露茜肚子裡的孩子時，雷禮的注意力在一瞬間集中了。

「你知道他們有自己的孩子了嗎？就在她的肚子裡，他們可是連名字都取好了，你卻一手扼殺掉一切！你這個神經病！瘋子！真正該死的是你！」

說這些話時，麗茲因為哭泣而哽噎著，不停伸手搥打雷禮，她的聲音斷斷續續的，卻在雷禮的耳裡形成了一股嗡嗡的尖叫聲，像蜂鳴般，一直不停在他耳裡回響著、尖叫著。

那繚繞不去的巨大嗡鳴聲，讓雷禮的世界崩塌了。

女孩的名字叫葛瑞絲。

麗茲說，露茜覺得肚子裡的孩子一定是女孩，所以連名字都取好了。

雷禮不知道這件事，沒有任何人告訴他這件事。

當他倒臥在血泊中，專注地握著泰勒的手時，他都沒注意到，露茜的肚子裡還有個小生命在消失，一個女孩，如果她能長大，很可能是像小鳥一樣可愛的女孩……

但她現在和泰勒一樣永遠不會長大了——

雷禮躺在冰冷且潮濕的地板上，送餐口微微的燈光照亮了他的指尖，粗糙的指尖裂開，血都乾了，但他已經忘了那傷痕是什麼造成的。

在和麗茲會面完後，他就像真的瘋了似的，他甚至不要命地在警衛們壓制他時，企圖攻擊他們。

下場如何也是顯而易見的……

警衛們揍了他一頓，接著又在沒有晏西神父的同意下，擅自關他禁閉，於是憤怒不已的雷禮幾乎砸了整間牢房，但沒有人理會他，只是隨他在房裡大吵大鬧，直到他精力全數耗盡。

雷禮疲憊地抬手抹臉，指腹緊緊貼著浮腫的雙眼，他的臉頰很黏，那是淚水乾涸後造成的。

毀了，一切都毀了。

雷禮很久沒哭成這樣了，他心臟揪在一塊兒，疼痛從胸口一路直直刺到他舌後根。

失去家人的悲傷還有被栽贓的憤怒，在得知露茜肚子裡的孩子也遭殃後，一下子被從雷禮的肚子裡抓出來，然後放大再放大，這讓雷禮沒辦法再忍受了。

事情的一切走向都趁了羅倫斯的意，和雷禮所以為的完全不同，直到現在，他才真正地認清這個事實——沒有人相信他。

或許他一輩子都必須待在這個地方，一輩子都出不去了。

雷禮靜靜地盯著送餐口微弱的光芒，連自嘲都辦不到。他翻過身，看著房間裡的一片黑暗，整個人好像被拉進去那黑暗裡一樣。

他已經找不回以前的生活，重要的人也都不在世上，他的餘生只能像隻畜生一樣，任憑他們將他當成一個精神病患，用藥物、用鞭打、用電擊的方式折磨，直到死去。

——那還不如乾脆現在死掉算了？

這個想法閃過雷禮的心頭，如果絲毫沒有脫離現況的機會，那麼死亡可能比苟且掙扎來得輕鬆，露茜和泰勒以及葛瑞絲的死他有責任，如果他死了，某方面來說也是一種贖罪……最簡單的贖罪。

只是這樣一來，羅倫斯呢？羅倫斯什麼都不該負責嗎？誰來處罰羅倫斯？

雷禮想得出神，他沒用藥，但他眼前的黑暗裡卻出現了一雙藍眼睛，清澈到發亮。

雷禮再度翻身，送餐口的微弱燈光忽然變得明亮許多，這時，輕巧的腳步聲傳來，有個身影擋住了送餐口的光。

一隻小手從送餐口伸了進來，雷禮不知道小鳥是怎麼找到這裡的，但他握住了她的手，她則在他的手掌上放了幾粒彩色穀片。

小鳥的手很暖，很細瘦，她只是輕輕地將手覆在他手上，那讓沉沉壓在雷禮身上的某種情緒忽然獲得了緩解。

「謝謝。」雷禮說，他不確定小鳥有沒有聽見。

小鳥就這麼待在雷禮身邊，直到遠處有腳步聲傳來，她才匆匆地抽開手，一路跑遠。

「別跑！小鳥，快回來這裡，晏西神父要生氣囉……」八字鬍的聲音遠遠的喊著，接著又逐漸模糊。

叫罵聲、呻吟聲、哀嚎聲和喃喃自語聲嗡嗡地從地板融和成一塊傳了上來，雷禮默默地收起那些糖片，他沒有因為肌餓而吃下那些糖片。

雷禮爬起身，靠坐在牆壁邊上——他需要跟自己達成一個約定。

雷禮變得沉默而安分，當警衛將他從病房內帶出時，他非常配合，乖巧而且安靜。

「莫洛的電擊治療看來是挺有用的。」八字鬍走在雷禮後面，和皮傑說笑著。

「雷雷還挺識相的，莫洛差點連休克療法都要用上了。」

「那是什麼？」

「一種治療方式，打胰島素讓病患昏迷後，一邊用鼻胃管灌他們糖水，上回有個病人因為胃出血和嘔吐噎死了，那狀況有多悽慘你根本無法想像。」皮傑形容得很嚴重，但卻用一種特別從容的語氣說著。

他們戒護著雷禮，一路將他送進餐廳內，押著他坐上角落的空桌。

泰勒為雷禮送上了一盤食物，就如同往常一樣。

雷禮看著那盤稀糊糊的食物，他幾乎從遠處就能聞到那股藥的苦味。

「拜託吃完這些食物，吃完你會好過一些。」泰勒走之前又用那種懇求的語氣悄悄對雷禮說。

雷禮明白泰勒是為了他好，的確，一開始用這些藥所造成的昏沉與迷離感都讓人難以忍受，但在經歷毆打和電擊後，這些藥反倒成了一種止痛的方式，會令人感到舒緩。

然而雷禮並沒有碰那盤食物，他只是等待著，等待那個金髮男人出現。

伊凡大約是在五分鐘後出現的，他和餐廳的大媽以及其他人打了招呼，像個友善的鄰家小哥一樣。

他在他每次坐的位置坐下，餐廳大媽則為他送上了一盤特製的，沒參藥物的食物，這中間雷禮和伊凡沒對上眼過。

當伊凡坐定位後，雷禮起身，他走向伊凡，站到了伊凡身邊。

「雷禮。」見到他時，伊凡看上去一點也不意外，他對他揚起笑容，美麗得不可思議。

「雷雷，嘿！你們兩個不應該湊在一起。」八字鬍走來想警告雷禮離開。

「不，沒關係的，別打擾我們。」但伊凡卻反倒勸退了八字鬍，他冷著臉，聲線沉著。

八字鬍聳聳肩，看上去一臉不情願地往後退去，手則是一直放在警棍上。

「怎麼了嗎？」伊凡再度看向雷禮，他又揚起微笑。

在伸出手之前，雷禮猶豫足足有幾秒，因為他明白，當他伸出手後，有些事情就不能反悔了，而這是他所能承受的嗎？

但最後，雷禮依然伸出手了，他將手掌輕輕搭上伊凡的肩膀。

「伊凡，我餓了。」

「我知道，你一定餓壞了，快坐下。」伊凡笑得更加燦爛，雷禮注視著那雙藍眼睛，他順從地坐下。

伊凡切著盤中的食物，他總是喜歡將食物分成等份，然後一小口一小口地進食。

雷禮看著伊凡將食物弄在叉子上，然後遞到了他的嘴邊。

雷禮深吸了口氣後，他傾身，主動張口接受伊凡的餵食。

有些時候，有些事情無關乎他自己能不能承受，而是他必須這麼做。

伊凡叫他把藥含在舌頭底下，不要吞下去，雷禮照作了。

接著伊凡吻上來，舌尖滑入他的唇齒之內，把藥丸勾了出來。

「伊凡，你知道你不能每次都這樣做，我老了，但可沒有癡呆。」老修女嘆息著，她盯著伊凡，一臉無奈。

伊凡不可能每次都讓小鳥轉移她們的注意力，修女們這回就站在旁邊，執拗地要看著雷禮將藥吞下去，但伊凡的作為讓她們的目的沒法達成，還引起了她們深深的厭惡。

「那麼就停止餵藥，我不喜歡妳們餵我的東西吃藥。」伊凡臉上掛著淺淺的笑，他伸手撥攏雷禮的髮絲。

「伊凡，停下你的動作，神在看呢！」老修女的臉看上去更皺了，她斥責著，語氣卻十分縱容。

「不，是我在看呢。」伊凡說，他注視著雷禮。

雷禮的肌膚起了微微的雞皮疙瘩，一路蔓延到頸子和心底深處。

「忘記上回他傷害你的事了？」老修女又說。

「他不會再這麼做了。」伊凡對著雷禮說，「是不是？雷禮。」

雷禮沒有答話，垂下眼及沉默不語是他唯一能做的事情。

雷禮不太會玩棋，他只知道最基本的規則。

「你被困住了，雷禮，要怎麼脫困呢？」伊凡問，在雷禮不管走任何一步都是死路的同時。

伊凡的棋很聰明，同時卻也狡詐，他總是為他開出了一條路，讓他照著他的布局走，讓他以為他會獲得勝利，但到頭來，他只是被困在其中，什麼也不能做，直到伊凡吃掉他的棋。

在第四盤棋也是落得如此下場後，雷禮有些怒了。

「我不能！你明明知道。」雷禮推倒他的最後一步棋，往後癱倒在椅子上。

「別把氣出在棋子上。」伊凡從容地整理著棋盤。「告訴我，發生什麼事了？」

雷禮沉默不語地盯著天花板，天花板上的黃燈柔和，一點也不刺眼。

「雷禮，說話。」伊凡沉下聲，棋盤已經擺好。

「麗茲……麗茲來過。」雷禮遮住眼，黃燈開始變得刺眼。「她告訴我，露茜的肚子裡還有一個孩子，那孩子再過幾個月就會出生了，但我一點都沒注意到，沒人告訴我……」

雷禮一點也不想再提這些事情，把那些事情從他胃裡掏出來，一路掏出喉頭，讓他悲傷到作嘔，但他不能對伊凡說不——這是他和自己約定好的事。

伊凡仔細聆聽著，保持淺淺的微笑，他看上去像個稱職的心理醫生，明明已經知道了和雷禮有關的一切事情，卻硬要逼雷禮再次敘述。

「麗茲說這都是我的錯，是我殺了他們，因為我是個神經病……」雷禮的心臟跳動得飛快，他雙手緊握著，話忽然哽在喉頭。

「但你是嗎？」伊凡問。

「我不是！」雷禮抬頭，他吼道，眼淚沒能止住。「不是我做的！不是我做的……是羅倫斯……是他！」

伊凡輕輕頷首。「我在聽呢。」他說。

雷禮抹著臉，卻沒能止住淚水。「所有人都認為是我殺了我所愛的人們，連麗茲也是如此，但我真的沒有，可是卻沒人願意相信我……做什麼都沒用，已經沒人願意相信我了。」

雷禮凝望著伊凡，伊凡同樣凝望著他，那雙藍眼就像他在無盡的黑暗中所看到的一樣清澈。

「我相信你啊！」伊凡說，誠懇而真摯。他起身走向雷禮，用手指細細地撫過雷禮的髮絲，聲音沉穩而冷靜。「你沒做出這種事，我看得出來。」

頓時間，雷禮就像整個人被浸入了溫水中一樣放鬆，伊凡不是個好的對象，他的答案由別人口中說出會更好，或許雷禮能夠得到救贖，但當這些話從伊凡口中說出，那就不是救贖……反而像某種令人成癮的毒藥。

一旦陷下去就無法自拔了，但他還來得及回頭，來得及……

「你會幫我嗎？」然而雷禮還是踏出了這一步。「你願意幫助我嗎？」

「當然。」伊凡笑盈盈地撥攏雷禮的髮絲。「但就如同我們約定的規矩，如果想要獲得我的幫助，你必須使我愉悅、滿足我，成為我想要的你，這你能做到嗎？」

「我不明白你想要我成為什麼，但只要你能幫我，我就會照你的要求去做。」雷禮說。

伊凡笑得更開心了，他將手掌貼在雷禮的臉頰上。「先親吻我的手指試試，如何？」

雷禮沉默了幾秒後，他輕輕拉開伊凡的手，並且親吻他的手掌和手指。

伊凡的臉一瞬間都亮了，他得到了他的歡愉。

「很好。」他說。

晨霧之家裡的衛浴室都是多人共用的，沒有什麼隱私的問題，病患們會被集中在一起，用冷水沖洗身體。

伊凡卻有自己一套獨立的衛浴室。

花灑灑著熱水，把乾淨寬敞的衛浴室弄得蒸氣氤氳，雷禮的視線都模糊了。

伊凡像對待洋娃娃一樣的對待雷禮，他替他將衣服脫了，為他稍微擦拭這些天來累積在他身上的髒汙和血痕，甚至仔細的用刮鬍刀和泡沫為他刮除了臉上的鬍鬚。

雷禮任由伊凡擺布，伊凡照顧他照顧得越好，他身上起的顫慄就越多，因為他知道這些都必須回饋給對方。

當將雷禮大致梳理完後，伊凡親吻了他的臉頰，並脫下自己身上的衣服。

青年的膚色白皙，肌理精實而勻稱，那是具很漂亮的身體，一點疤痕也沒有。

雷禮赤裸地站在同樣赤裸的伊凡面前，他的臉發熱並脹紅了，不是沒這樣和男人坦誠相見過，但這種羞恥感卻是以前從來沒有過的。

「現在，跪下來，雷禮。」伊凡靠坐在那潔白的陶瓷浴缸上，他對他張開了雙腿。

雷禮看著伊凡那蟄伏於雙腿間的年輕性器，他微微地擰起眉頭，毅然決然地跪到了青年的雙腿之間。

「很好。」伊凡輕喃，聲音柔滑得像蜂蜜一樣，在雷禮心頭漫開。

雷禮盯著青年的性器看，那東西蟄伏於毛髮間，暗紅而堅硬。

雷禮努力穩住手去撫摸對方的性器，他從來沒做過這種事，而此刻的他只是想著，自己該慶幸嗎？對方看上去很乾淨。

伊凡身上依舊有股消毒肥皂的香味，並不難聞，只是隨著熱氣蒸騰出來，隱隱約約的透著股神經質，那讓雷禮緊張。

手上的東西很有分量，雷禮拙劣地用手磨蹭著，而這似乎惹得伊凡不太愉快。

「張嘴，雷禮。」伊凡用手指扳正雷禮的臉，他催促著。

雷禮深吸了口氣，他低頭，張嘴將青年的性器含入嘴內。

那嚐起像溫熱的肌膚，再更加黏膩、熾熱一些。

「嗯……」伊凡發出了滿足的輕嘆聲，他的手壓上了雷禮的後腦，白皙的肌膚泛開潮紅。

雷禮吸吮著口中的器物，他盡量不讓自己去想那是什麼，只是機械性地舔吮，並用手指輔助，他只希望伊凡趕快射，一切趕快結束。

雷禮可以感覺到伊凡的腰臀因為自己的動作而緊繃起來，這讓雷禮有點想笑——自己到底在做什麼？替男人口交？對方還因此而滿足了？

口中的性器因為興奮而勃發，塞滿了雷禮的嘴，口腔裡那股男性的氣味也越發雄厚。

伊凡壓緊了雷禮的後腦，那粗長的性器緊緊抵住了雷禮的喉頭，他止不住地作嘔——伊凡要讓他窒息了……

雷禮企圖要抬頭，卻被牢牢壓制住。

「呼吸……雷禮……你必須要承受我的一切……我們約好了。」伊凡發出沉沉的低吟，繃緊的腰部挺起，將自己深深地往雷禮的嘴裡抽送。

生理反應讓雷禮眼眶裡大量湧出淚水，他的唾沫向外不停溢流，無法忍住乾嘔的反應。

伊凡在雷禮嘴內射精時，發出了滿足的嘆息，那黏膩腥甜的雄性氣味像蜜一樣，滑潤地占據了雷禮口腔內的每個角落。

「抬起臉，雷禮，讓我看看你。」伊凡從雷禮的嘴裡抽出他的性器，並輕輕的用手拍著他的臉。

雷禮準備要抬起臉時，卻沒能忍住反胃的感覺，精液滑入喉頭時他吐了，狼狽地趴在地上不停嘔吐，可當下他卻只顧慮著伊凡會不會生氣而已。

「喔……」然而伊凡並沒有生氣，他發出惋惜的聲音，伸手撫摸著雷禮的背，試圖讓他好過一點。

「抱歉……」雷禮抹掉嘴上的穢物，口腔內屬於伊凡的氣味始終不散。

「沒關係，下次你會做得更好。」伊凡的語氣輕鬆，他看上去心情不錯。「快起來，我們需要讓你洗個熱水澡。」他將雷禮扶起，讓他進去浴缸內。

熱水不停從上方往下淋，雷禮灰黑色的短髮被沾濕，服貼在額頭及鬢間。

「你看上去真漂亮。」伊凡捧著雷禮的臉，他的身體蹭了上來，他們的性器服貼在一起，雷禮則被迫張開大腿容納。

「那種字眼不適合用來形容我。」雷禮說，他靠在冰冷的磁磚牆上，那可以減緩一點熱度。

「我認為很適合。」更適合漂亮這個形容詞的伊凡又說，他發出了愉快的哼鳴聲。

雷禮沒有再反駁，伊凡要怎麼說就怎麼說吧！他並不在乎。

伊凡捧著他的臉吻上來時，雷禮並沒有掙扎或拒絕。

雷禮做得很好。雷禮認為自己做得很好。

第六章

「費雪。」

雷禮說，他躺在床上，用手臂遮著雙眼。

伊凡的房間連床都很舒服，夠大夠寬敞，足以容納他及另外一人。

「嗯？」伊凡哼了聲，有些心不在焉，因為他正忙著手上的事。

伊凡將雷禮的大腿拉得更開，他的手指沾滿潤滑液，在雷禮的後穴中抽插著，他已經花了很長的時間讓雷禮適應，而雷禮已經能輕易容納他的幾根手指了。

「費雪先生和你是什麼關係？」

那淡淡的果香溫潤得令人厭惡，在體內的手指快讓雷禮崩潰了，他必須思考，並且轉移注意力。

「我的父親。」伊凡說，沒有絲毫隱瞞的意思。

就如同雷禮一開始所預料的，伊凡和晨霧之家的出資者有所關係，而且還是父子關係。

這多少能解釋了為什麼，為什麼伊凡能享有這樣的待遇。

但是……還是有很多問題存在這其中。

「那為什麼？」

雷禮又問，在伊凡拔出手指時倒抽了口冷氣。

「什麼？」

「為什麼會讓你住進這種地方？」雷禮試圖撐起身體，可是他的身體卻軟弱而無力，跨間的濕滑和那久久不散的異物入侵感，令他的專注力渙散。

「你對我很好奇嗎？」伊凡微笑著，他傾身親吻雷禮的嘴唇。

「對。」雷禮不打算隱瞞自己的感受。

因此當伊凡將性器抵住雷禮濕潤柔軟的後穴，那個連雷禮自己都不曾碰過的祕處時，他的大腿和身體不自主地顫抖了起來。

那堅硬的男性性器就像把利刃，將要把自己開腸破肚。

雷禮的呼吸開始沉重起來，他不知道花了多少力氣才能不讓「不！」這個字逸出口。

「我的父親不喜歡我。」伊凡抓著雷禮的手，細細地親吻他的手指及手掌。

「但同時又因為我是他的兒子而深愛著我，所以讓我住進這裡。」

「為什麼不喜歡你？」雷禮又問，他的腦子因為抵在後穴上的硬挺而攪成一團。

「因為我像他的妻子，那會讓他想起一些不好的事情。」伊凡俯下身親吻雷禮的嘴唇，這次是一個深吻。

雷禮的舌尖被輕輕吸了起來。

「唔……」雷禮別過頭，好不容易才結束這一吻，他深呼吸，克制住自己動手抹嘴的動作。

「是什麼樣的事情？」雷禮繼續發問。

伊凡對他的問題卻開始顯得意興闌珊，比起他的問題，雷禮的頭髮和手指反而更加吸引他。

「伊凡？」雷禮企圖讓伊凡停止親吻他的指尖。

伊凡盯著雷禮的頸子和胸膛看，他的眉頭擰了起來，顯然是不耐煩了。「如果你想知道，我會告訴你的，可是不是現在，專心點。」

伊凡嘟囔著，話題很快地轉到別的地方去，他用手掌撫摸著雷禮的肩膀和胸膛，藍眼珠掃過他的身體。

雷禮說不上來伊凡眼裡的那種情緒是什麼，一點溫度也沒有，只是清澈得讓人發寒。

伊凡說：「我喜歡你的翅膀，但我也喜歡你的臉……所以就讓我們維持這樣，讓我看你的表情。」

伊凡的手掌搭上雷禮肩膀，將他固定住，他的腰臀壓緊了雷禮的臀，抵在雷禮濕潤後穴上的硬物開始往前並侵入，逼得他不得不挪動身體逃離，但他的意圖卻被伊凡發現了。

「別逃，好好承受，這樣會更輕鬆。」伊凡舔過雷禮的頸子，他壓住他的大腿，挺腰將自己抽送進雷禮的體內。

「啊！」雷禮沒能忍住聲音，他甚至沒能忍住眼淚。

他的下腹肌肉像絞起了一樣，被侵入的感覺並不是特別的痛，卻壓迫得足以令人窒息。

雷禮的整個背脊發冷，下半身卻像火在燒似的。

他用手掌壓住臉，在伊凡稍微退出又再度插入時，他依然沒能忍住哀鳴。

停下！拜託！停下！

雷禮很想求饒，他幾乎就要哀求出口，但他死死地咬住牙關，不讓自己說話。

「把手放下來，看著我。」伊凡拉開雷禮的手，他親吻他的睫毛。

雷禮一抬眼就對上伊凡的視線，那雙藍眼睛，他在每個黑暗裡都能看見的藍眼睛，現在正緊緊攫著自己。

和每個黑暗中他看到這雙藍眼睛時一樣，從雷禮心底油然而生出的情緒絕對不只恐懼而已。

伊凡挺動起臀部，雷禮感覺到床在搖，他的身體卻被牢牢固定住，他的大腿間容納著年輕男人的腰臀，他的身體則容納著年輕男人的性器。

「看吧，沒有這麼痛苦，這麼可怕。」

伊凡撩撥起雷禮的髮絲，他伸出舌頭舔去雷禮眼角的水氣。

伊凡白皙的肌膚因為性愛而透出了一絲嫩紅，那讓他看起來終於像個真正的人，也美得不可思議。

然而雷禮卻像呆滯了一般，他盯著伊凡看，沒能說出一句話來。

伊凡赤裸的身體緊緊貼著他的胸膛和腹部，黏膩而熾熱，所有他最脆弱的地方全被伊凡占滿了，他的思緒彷彿也被主宰住，思路全隨著伊凡的話語而去。

伊凡的下一個挺進又用力又深入，雷禮悶哼了聲，他的腰部和大腿繃緊，腳指跟著蜷曲。

很難受——卻又不再這麼難受。

「這感覺比我想像中的好……雷禮，你太美好了，美好得讓我無所適從。」

伊凡笑得很燦爛，就像他話裡說的一樣，彷彿要把那股無所適從宣洩出來般，他的抽插速度和力道加重。

肉體接觸碰撞的聲音聽起來很刺耳，雷禮視線裡滿滿的都是伊凡，他逃不掉，也避不了，他被緊緊地和伊凡綁在一起了，而這是他做出的選擇。

雷禮承受著這一切，而這一切也如同伊凡所說的一樣，當他開始承受，痛苦不再如此令人畏懼。

那些東西從他臀部裡流了出來，和他心裡淌流出的罪惡感一樣。

雷禮喘息著，天花板上的光線所形成的光圈，像夕陽一樣暖暖地籠罩在上頭。

伊凡正用熱毛巾替他仔細擦拭著下體，手指在他紅腫的後穴掏挖著，將那些不屬於他的黏稠體液引出。

雷禮被清理得很好，伊凡並沒有讓他留下太多不適。

倦意和壓力沉沉籠罩在雷禮身上，他的眼皮沉重，這讓他不由得用手遮住臉，阻絕光線。

要是能夠一覺醒來，發現這一切都只是場惡夢該有多好？

但伊凡卻拉開了他的手，並且俯下身親吻他。

「醒醒，別睡著了，好好感受這一刻。」

——感受什麼？那種源源不絕的罪惡感嗎？

看著伊凡的笑臉，雷禮擰起眉，他拉住要從他身上離開的伊凡。

「你答應會幫我的，對嗎？」雷禮問。

「對。」伊凡乾脆把重量放到了雷禮身上，他們的身體纏在一起，像對熱戀中的愛侶。

雷禮渾身起了疙瘩，卻不能拒絕這種狀況。

「給我我想要的，我會幫助你，也會答應你的任何請求。」伊凡把玩著雷禮的髮絲，替他將他的短髮梳齊，似乎是他的某種嗜好。

「你能幫我逃出去嗎？現在？」雷禮語裡帶了些挑釁，但伊凡一點也不介意。

「不能是現在。」

「為什麼？是因為你自己也被困在這裡？」雷禮的咄咄逼人讓伊凡停止了動作。伊凡凝視著雷禮，那雙藍眼睛在雷禮眼中變得像潭深淵，表層卻明亮得很。

伊凡笑出聲來，雷禮從沒看他這麼高興過。

「別表現得這麼可愛，我會想馬上再進入你一次的。」伊凡用愉快的語氣哼嗚著，指腹磨擦著他的臉。「我從來沒認為自己被困在這裡啊！我說不能是現在，是因為……」

伊凡親吻雷禮。「你給我的還不夠多。」

雷禮深吸了口氣，他沒有逃避伊凡的親吻，而是主動迎上。「我會給你所有你要的。」

雷禮和伊凡間的祕密形成了，雷禮被要求照著伊凡的所有指示去行事，雷禮也全照作了。

雷禮開始變得安分而沉默，就和其他的病人一樣，他聽話又乖巧，不曾再和警衛或醫護人員耍嘴皮子或頂撞他們。

所有人都認為莫洛的治療起了奇效，但只有雷禮知道事實不是如此。

「你的翅膀好美，像隻雄壯的老鷹。」

伊凡的手掌覆在雷禮的蝴蝶骨上，雷禮的身體因緊張而弓起。

「我沒有翅膀……」

雷禮將臉埋進枕頭內，伊凡將手撐在他的兩側，從後方籠罩著他，那片影子像黑夜一樣蓋住了他的世界。

「有，就在這兒，你沒看見嗎？」伊凡說，接著他開始挺動腰桿，一下一下地將雷禮逼近深淵內。

雷禮看著身旁的影子不斷延伸，彷彿真的有翅膀從他身後展開一般。

黑色的翅膀。

真的是他的翅膀嗎？

伊凡在他體內的性器讓雷禮的體內像長了角似的，那角還跟樹枝一樣茁壯著，延著他的血管蔓延到全身。

從祕密形成之後，雷禮就一直有這種錯覺，他和伊凡血管連著血管，骨頭連著骨頭，連皮肉都相黏在一起。

伊凡完全主宰了雷禮的一切。

從三餐開始，因為伊凡的關係，雷禮不用再進食那些被醫院下了藥的食物，但伊凡卻訂下了這樣的規矩——如果他要進食，就必須由伊凡親手餵食，就算是他自己進食也不被允許。

伊凡將他豢養著……而且豢養得很好。

伊凡不讓修女或護士們餵他吃藥，這幫了雷禮一個大忙，不像從前整天昏昏沉沉的，他可以保持清醒，並且有充足的時間擺脫先前用藥所帶來的後遺症。

八字鬍和皮傑那些人偶爾會想找雷禮的麻煩，但只要跟在伊凡身邊，就不太會有這種困擾，雷禮自己清楚這點。

所以雷禮將自己和伊凡綁在一起，一層一層地纏繞，用那種不斷湧現的罪惡感。

「你的身體漸漸習慣了……今天很放鬆。」伊凡在雷禮耳際說著，他緊貼著他背部的軀體冰冷。

「唔……」雷禮咬著牙沒出聲。

和伊凡做愛成了一件稀鬆平常的事，他晚上常在伊凡房裡度過。

「不要忍住聲音……我想聽。」伊凡拉開雷禮的手。

雷禮的身體陷在柔軟的床榻內，在伊凡的碰撞下，他叫出聲來，而那聲音彷彿不是他的聲音，而是某個陌生人的聲音。

「很好，雷禮，你感受到了，對不對？」伊凡發出饜足的嘆息，他握緊雷禮的腰，一下一下地抽送。

不，他沒有感受到任何事。

性器在體內攪動，身體的熱度或是伊凡的喘息……亦或是伊凡覆到他跨間的手指。

雷禮的性器被伊凡的手指包裹著，那冰涼的溫度帶來了一陣奇妙的麻癢。

雷禮勃起的時候，一股黑潮淹沒了他的口鼻，那是從他身體裡湧出來的嗎？

看著黑潮一路從床單蔓延，淹過他和伊凡交纏的手指，淹過這一切，雷禮哭了出來。

——因為那感覺並不壞。

莫洛要人把雷禮帶去見他時，伊凡顯得非常不高興。

雷禮還記得伊凡的手指是如何纏緊自己的手指，然後隨著情緒而越握越緊。

當時大廳裡正在播放某種古典樂，老修女拿著長尺打著節拍，病患們則笨拙地被迫抱在一起跳舞，像牙牙學語的孩子在學大人的舞蹈，他們卻獨自窩在走廊接吻，沒有任何人來打擾他們。

伊凡嘴唇的味道像是溫熱的肌膚，暖意蔓延在雷禮的唇舌間，雷禮已經很習慣那種氣味了。

當伊凡的手指滑進了雷禮的病服內，從他的腹部緩緩往上滑過，雷禮知道那是什麼意思，而這讓他緊張了起來。

——他不想在人來人往的走廊上做這種事情。

但同時他又必須要遵守和伊凡之間的約定。

——隨時隨地都要取悅伊凡。

雷禮舉起手，卻僵在空中，始終沒阻止對方的動作。

伊凡在雷禮耳邊發出了輕笑聲，雷禮擰起眉頭，他懷疑對方只是想試探自己。

說巧不巧，就在這時候，八字鬍甩著他的警棍走了過來，看到他們在接吻時，他沒說什麼，只是站得遠遠的，然後出聲打斷他們。

「伊凡……我很抱歉，但莫洛找雷禮過去一趟。」八字鬍的雙手環胸。

「不，不要現在。」伊凡緊緊握著雷禮的手，一點也不想把他放開的樣子。

「別這樣，他必須過去，再說是你要求的，不是嗎？讓雷雷和泰勒一樣幫忙日常工作？」八字鬍聳肩，一臉無奈地翻了翻白眼。「莫洛說他需要評估。」

「別用那種方式叫他。」伊凡瞪了八字鬍一眼，空氣就像凝結了一樣。

伊凡凝望著一個人的時候，並不會讓對方感受到絲毫憤怒，相反的，在他那雙藍眼睛裡看到的，只有毫無波瀾的清澈——但那卻是讓人畏懼的原因。

八字鬍很快地閉上嘴，他的手不自覺地握緊了警棍。

在八字鬍看不到的角度，雷禮伸手拉了把伊凡的衣角。

雷禮並不介意伊凡對他的保護欲過頭，這可以幫助他，但當這股保護欲阻礙了本來該有的計畫，就違反了他們之間的約定。

伊凡看向雷禮，他們互相凝望著足足有幾秒之久，伊凡才心不甘情不願地放開雷禮的手指，並且在他耳際低喃：「盡量保持沉默，但如果他們這麼想要一個不正常的你，給他們，你很聰明，你知道該怎麼做。」

雷禮握緊空蕩蕩的手，伊凡的手指彷彿還攀在上頭。

「還有，伊凡，晏西神父要見你。」八字鬍從伊凡身邊接手過雷禮時，他對著伊凡說。「費雪先生來看你了。」

提到費雪先生時，伊凡整個人的表情都變了，就好像情緒瞬間從他的臉上消失了一樣，他面無表情地站在走廊上，接著往反方向離開。

雷禮看了眼像靜止一樣的伊凡後，在八字鬍的催促下離開，他現在必須先面對自己的事。

雷禮給了伊凡，伊凡所想要的東西，現在換伊凡給他，他所想要的東西了……

「雷雷是什麼時候和伊凡操上的？」

「誰知道，也許神經病都有這種嗜好……」

警衛們在雷禮身後竊竊私語著那些不堪入耳的笑話，雷禮被換上了束衣，他坐在莫洛的辦公桌前，不發一語，等待著莫洛。

幾天前他和伊凡開口了，伊凡必須讓他在醫院裡的角色從受到二十四小時監看的重症病患，轉換成像泰勒那樣能自由出入整個晨霧之家的病人。

如果真的要脫離晨霧之家，這是第一步。

莫洛的辦公桌很乾淨，雷禮前幾次來，都處在很糟糕的情況下，沒能好好觀察環境，但他現在終於有機會靜下心來摸清整個晨霧之家的環境了。

莫洛的辦公桌後放著幾座大木櫃，木櫃裡塞滿文件，按照字母排列，估計是所有病患的病歷表。

而雷禮確實也在架上看到了自己的名字，可是卻沒有伊凡的。

在巡過一輪辦公室的環境後，雷禮的視線擺到了莫洛的桌上，莫洛的桌面收拾得很乾淨，沒有一絲雜亂。

伊凡的資料是不是被安置在某個地方，刻意和他們隔離開來？雷禮思考的同時，莫洛走進了辦公室。

莫洛沉默著，從一進門開始就盯著雷禮看，雷禮告誡著自己放鬆，他不能繃著身子緊張兮兮，那會讓他看上去像刻意裝出來的，讓他看起來「太正常」。

莫洛坐在辦公桌前盯了雷禮好一會兒後，他揮手要警衛們出去。

警衛們互看了眼後，他們綁緊了雷禮，並對莫洛說：「有事情就喊，這傢伙最近都沒吃藥，可能有危險。」

莫洛點頭，隨後讓警衛們出去。

室內只剩下莫洛和雷禮。

「雷禮，你最近……和伊凡走得很近。」莫洛開口，他問。

雷禮保持沉默，就如同伊凡告訴他的一樣。

但莫洛卻站了起來，他拉了椅子坐到雷禮面前。

「你做了什麼？讓伊凡對你如此特別。」莫洛質問。

雷禮從前質問過很多人，而他現在成了被質問的角色。

「他們說你們會在走廊上接吻，夜裡做著苟且的事情……這是真的嗎？」莫洛又問，透過鏡片，他的眼珠像玻璃球般泛著某種惡意的光芒，但或許他本人並沒有注意到這件事。

雷禮注視著莫洛，他的精神因為莫洛話語裡的尖銳而集中起來，但他努力讓自己放鬆，他該想點別的事情……

比如伊凡的臉、伊凡的聲音，或伊凡的手指……那些從前會讓他緊張的事物，現在全都讓他放鬆。

意識到這點的雷禮全身發冷。

「你的目的是什麼？雷禮，為什麼接近伊凡？」莫洛又問，這次他的語氣忽然尖銳起來，他拉住雷禮的頭髮，逼他抬頭。

提到伊凡時，眼前這看上去文質彬彬的年輕男人總會變得異常的神經質。

「你想要再接受一次電擊治療嗎？回答我！」莫洛開始威脅他。

雷禮退縮，不與莫洛發生衝突。

那些吸毒的毒販們在面對質問時，視線經常閃爍，飄忽而渙散，雷禮試著模仿那些他曾經看過的神情。

如果他們想要一個不正常的他，那就給他們。

「我只是想念陽光……」雷禮囁嚅著，「伊凡說他可以幫我得到這些。」

莫洛沉默了幾秒，他問他：「你用什麼作為交換？」

「我們親吻，他讓我用嘴含住他的性器，還讓我張開腿，讓他從後面進入，藉此取悅他，讓他高潮。」雷禮不帶感情地說著，像在敘述一件稀鬆平常的事情。

雷禮聽見莫洛發出了倒吸口氣的聲音，他抓在雷禮頭髮上的手指放鬆。

莫洛凝視著雷禮，接下來的問題，他似乎考慮過要不要詢問，那不是個醫師該問的問題，而是充滿惡意和私慾的。

「那麼……做這些事情的時候，你的感覺如何？」

莫洛的問題像顆深水炸彈，在雷禮的內心深處炸開，震出了一股深深的厭惡感。

被抓住腰桿從身後碰撞，私密的部位被人進入，不斷地開拓——那種感覺如何？

雷禮的後頸冒出冷汗及疙瘩，他覺得反胃想吐。

「感覺……很好，我覺得很好。」雷禮照預設好的答案回答，但這些話說出口後，他卻無由來地感到一陣悲傷。

「具體一點的描述。」

「當我高潮的時候，一切就像被救贖了一樣。」

有件事情讓雷禮混淆了，他分不出來自己說的究竟是真話還是假話。

莫洛先是困惑地看著雷禮，接著他的手掌滑入雷禮的大腿內側。

「只有伊凡可以讓你有這樣的感覺嗎？」莫洛的臉湊近，鏡片後長長的睫毛震顫著，灰色的眼珠盯著雷禮看時，和伊凡的視線完全不同，雷禮無法平靜，他感到浮躁。

扒在大腿上的那隻白皙的手，一下子尖銳了起來，像某種怪物的爪，緊緊攀住他的大腿肌理，雷禮的呼吸不自覺地急促起來，他發現自己無法忍受莫洛的碰觸。

「含住別的男人的性器，也能讓你高潮並且得到救贖？」莫洛的手在這時放到了雷禮的跨間。

莫洛希望他回答「是」嗎？然後希望他跪下來，像取悅伊凡一樣取悅他？又或者這只是莫洛的一個測試？

雷禮沉默著，莫洛的手讓他的胃部一陣燒灼，但他必須極盡所能地忍耐，如果在這一刻展現出憤怒，他所付出的一切都會白費。

「不，伊凡是特別的。」雷禮說。

「伊凡是特別的……」莫洛喃喃著，重覆雷禮的話，他笑了起來。

「伊凡確實是特別的，他美麗得像阿波羅所眷戀的海亞辛瑟斯一樣，但他的狡詐和謊話連篇卻像毒藥，讓每個人……每個跟他接觸過的人，都淪陷在他所編織的泥淖中，現在連你也是。」

雷禮不說話。

謊話連篇是什麼意思？

莫洛知道些什麼？

「他是這麼吸引人……讓你無法拒絕，對不對？」莫洛收回手，往後靠坐，他這動作讓雷禮稍稍鬆了口氣，但他的汗水早已沾滿了衣襟。

「伊凡是毒藥，他在侵蝕你。」莫洛搖搖頭，他輕嘆道：「但跟你說這些有什麼用？物以類聚……或許是你在毒害他。」

莫洛終於起身，從書櫃抽出了雷禮的資料。「現在讓我們再做幾項測試評估吧？」

雷禮看著莫洛的背影。只要再忍耐一下就好，他安慰自己。

莫洛又逼著雷禮做了一些測試。

搭配著雷禮最不想提的那些話題，莫洛一邊讓他接受那些會引起嘔吐和暈眩的注射與診療手段。

你殺了你的前妻和兒子嗎？

你用什麼手段殺了他們？

殺了他們時你覺得開心嗎？

那種感覺和被伊凡觸碰時，是相同的嗎？

這類的問題在雷禮因為注射而反胃時不斷輪迴著，情況不同，雷禮再也不能態度強硬且堅持地捍衛自己的清白，相反的，他必須點頭承認那些他沒有做過的犯行。

雷禮承辦過很多類似的案件，這讓他成了優秀的說謊者，他可以面不改色的拿別人的故事套用在自己的故事上，變成真實。

只是那些在腦海內模擬的畫面，卻讓雷禮在被帶出莫洛的辦公室時，連站都站不穩。

雷禮不知道自己是怎麼回到伊凡的病房內，只是等他回神過來，人已經在伊凡的浴室內抱著馬桶大吐特吐。

伊凡還沒有回來。

渾身冷汗的雷禮沖了個熱水澡，換上乾淨的衣物後就窩到床上去休息了。

他的頭痛得要命，整個胃部發寒，最需要的是好好睡上一覺，然而即便是在睡夢中，雷禮依舊不得安寧。

雷禮之前從未做過這種夢。

他拿著刀，腳下都是血，露西的身下是她的現任丈夫，露西的身上是泰勒，泰勒的身上是一團小小的肉塊，他們蒼白的臉上帶著笑容，血水卻從眼角、鼻孔和嘴角流了出來。

雷禮站著無法動彈，他的手指僵住了，連丟掉手裡的刀也辦不到。

這些事情是他做的嗎？

是嗎？

他不停地質問自己，身體越來越緊繃，越來越寒冷，他的腳陷入了血泊之中，不斷往下沉，直到有一雙手從他背後環了上來。

但那雙手沒有頂住他，而是將他直接往下拉入黑暗之中。

雷禮深吸了口氣，從睡夢中驚醒，然而纏在他身上的雙手依舊沒有隨著夢魘退去。

「噓……不要緊張，是我。」年輕男人的聲音在雷禮耳邊響起。

消毒水和肥皂的氣味竄了上來，雷禮稍稍放鬆了身體。

「沒事了，只是惡夢而已。」伊凡輕輕拍著雷禮的胸口，像在安撫孩子一樣地安撫雷禮。

「你什麼時候回來的？」雷禮輕按自己的雙眼，伊凡的身體緊緊貼著他，他可以感覺到對方的呼吸和心跳，緩慢而平穩。

伊凡發出了輕笑聲，沒有回答雷禮的問題，他反問：「莫洛有碰你嗎？」

「不……」雷禮迷迷糊糊地呢喃著，伊凡的手掌撩進他的衣服內，在他腹部上磨蹭著。「他沒有碰我……我說了不。」

「你做得很好。」伊凡親吻雷禮的頸子，「但你還是做惡夢了，為什麼？」

「他問了一些……討人厭的問題，逼我做一些治療……那讓我很不舒服。」雷禮用掌心按壓著太陽穴。「我必須說謊，說一些我根本沒做過的事情。」或承認一些他並不想承認的事。

「莫洛是個令人失望的人。」伊凡輕聲道，他起身，下床窸窣了一陣。

原來他們也能有看法一致的時候嗎？雷禮想著。

「不只是令人失望，而是令人憤怒……如果你看過他對泰勒做的事……」雷禮忽然閉上嘴不再說話。

為什麼要和伊凡談論這些？伊凡現在對他所做的，不也是和莫洛對泰勒所做的相似？因為相似但不相同？因為他是自願的？

雷禮的思緒紛亂而飛快，他的頭痛得受不了。

伊凡沒有應話，他再度回到床上時，用手掌壓住了雷禮的額頭，直接親吻上去。

雷禮張嘴的時候，冷冷的水和著苦苦的藥味流了進來，他沒有多想就全數吞入。

「毒品？」雷禮反射性地回應，半開玩笑。

「不，只是阿斯匹靈，你待會兒就會覺得舒服一點。」伊凡親吻雷禮的額際，語氣認真得不得了。

雷禮嘴角有了笑意，他很久沒笑了，雖然這也不是開心的笑，更多的是自嘲與無奈，但他很訝異自己還笑得出來。

「你在笑什麼？」伊凡問，他窩上床，床總算變暖了一些。

雷禮第一次發現原來伊凡是有體溫的，碰到伊凡的肌膚時，他總是冷冰冰的，所以他還以為伊凡是吸血鬼或蛇之類的……

雷禮笑得更開心了。伊凡餵他的東西真的不是毒品嗎？

伊凡匍匐到雷禮身上，微弱的燈光中他張大眼睛盯著雷禮的臉看，藍眼珠內流瀉著好奇與困惑。

「我沒預想過你會有這種表情。」伊凡面無表情地說，雷禮猜不出對方的情緒。

「你不喜歡？」雷禮勾著嘴角。「我可以不要笑。」

「我不知道，說不上喜歡，說不上討厭，卻像靜電一樣，很新奇……再笑一次給我看看？」伊凡要求。

雷禮已經沒什麼心情了，也聽不懂伊凡究竟是喜歡還是討厭他的嘲弄，但他還是遵從伊凡的要求微笑。

伊凡卻噘著嘴說：「不，上一種，不是這種，我不喜歡這種。」

「不，我不舒服……改天吧。」如果還有可能有這種機會的話。雷禮別過頭，轉移話題道：「你今天去見誰？為什麼去了這麼久？」

伊凡沒有強迫雷禮，他躺回雷禮身側，繼續用手掌撫摸著雷禮的腹部。

「莫洛是個讓人失望的人。」伊凡的話題忽然又跳回了之前。

雷禮以為伊凡沒有要回答他的問題，所以他瞇著眼，注意力放在腹部上的手掌。

暖暖的溫度讓雷禮回想起了遙久的記憶，有人曾經在他幼時這麼撫摸過他的腹部。

他忘了是他那早已過世的父親還是母親，但他記得，這樣的撫摸減緩了他所有的不適，像現在一樣。

雷禮發出低喃，他的頭漸漸不痛了。

「而你知道什麼比莫洛這個人更讓人失望嗎？」伊凡的話題還在繼續。「那就是一場無聊到讓人絕望的會面——我見了費雪先生，我的父親。」

雷禮張開了眼，在伊凡將手往他腹部下探時。

「你們說了什麼？」雷禮問，他沒有制止伊凡探入他跨間的手。

「沒什麼，就是一些日常瑣事，出於父親對子女的關愛，他對我做了很多的問候。」伊凡親吻雷禮的後頸。

「你開心嗎？」雷禮問。伊凡的手指輕輕地撫慰起他的疲軟。

「不。」伊凡說，接著又問他：「你知道被無聊折磨的感覺嗎？就像有把小鋸子不停鋸著你的腦袋，沒有痛覺，但一直有個聲音不停在你耳裡響著，而你聽見鋸子鋸進了腦袋，把你的腦漿攪爛了。」

「你的父親只是想要關心你。」雷禮說著的同時，伊凡將他的身體翻正，整個人覆了上去。

「不，他不是。」伊凡的聲音很篤定，甚至帶了些嘲弄。

「為什麼這麼肯定？」雷禮問。

伊凡笑了笑沒說話，他脫下雷禮的衣服。

「關於你和你父親之間的事，你上次還沒說完。」雷禮說，他注視著伊凡。

「我想要了解。」

「即便了解這些事情對你沒有任何幫助？」

「對。」

「職業病嗎？」

雷禮沒有說話。

伊凡用手指撫過雷禮的短髮，他似乎很喜歡那種觸感。

伊凡以凝望回應雷禮的眼神，當他俯下身，像愛人一樣往雷禮的私密處探入時，他說：「好，如果你想知道，我會告訴你一個故事。」

伊凡在親吻雷禮時，告訴了雷禮關於那個女人的故事。

「從前有個女人，嫁給了人人稱羨的有錢丈夫，女人也深愛著她的丈夫，但她的丈夫卻因為常年在外經商而冷落了他美麗的妻子，即便之後女人很努力的，為了維持夫妻間的情感，替他的丈夫生了個兒子，這情況依然沒有改善。」

伊凡的親吻沒有間斷，彷彿在和雷禮親暱地聊著日常瑣事。

故事持續著。「在這段期間裡，女人和同住的丈夫弟弟越走越近，比起丈夫，丈夫的弟弟對女人更加地呵護和關懷。」

「妳可以對我宣洩啊！耳語、呢喃，或是吼叫。」

伊凡按住雷禮的雙手，手指緊緊纏著他的手指，從上方注視著他。「和女人在一起時，他總是對女人這麼說。」

伊凡親吻雷禮的手指。

「女人因此和丈夫的弟弟走近了，他們背著丈夫通姦，弟弟總會趁著丈夫不在時，不分白天、夜晚，悄悄地進入女人的房間內。」

「女人的兒子呢？」雷禮問。

伊凡分開雷禮的雙腿，在他腿間塗抹著潤滑液，那種濕滑挾帶著伊凡的手指，讓雷禮顫慄不已，起初他對這種感覺厭惡不已，但現在已經沒有感覺了。

停止掙扎會讓後續的事情好過一點。

「孩子何時知道母親與叔叔之間的事？」雷禮繼續問。

「遠比父親還早知道，待在母親身邊的他，偶爾會看到他的叔叔開門進房，在他的面前與母親做著那些苟且的事，孩子只能看著，直到最後，他們也不在乎，彷彿兒子從來就不存在一樣。」

伊凡抬起了雷禮的腰，用力挺身進入雷禮體內，兩人都發出了沉沉的低吟，愉悅的，以及忍受的。

「其實那一瞬間，兒子也覺得自己像是從世界上消失了一樣，他只是張大眼，坐在地毯上觀察著眼前的情況，和環境融為一體。」

「他……他沒有告訴他的父親？」

雷禮的手放在嘴上，他想摀住自己的嘴。

「每回那些苟且的事情結束，女人總會動手毆打自己的孩子，她一邊尖叫一邊哭喊地對孩子說：『不可以告訴任何人這件事！』」

伊凡挺動的力道和以往不同，床發出了刺耳的吱嘎聲，雷禮難受地屏住了呼吸。

「她看上去激動極了，白皙的的肌膚沸騰著紅，淚水沾滿她的睫毛，像寶石一樣，她眼珠裡的情緒則是像幅畫，孩子必須注視著母親眼裡的畫，才能忘記身上的痛。」

伊凡緊緊按著雷禮的腰，像是要把自己釘進雷禮體內一樣，強烈的入侵感逼迫雷禮不得不抓緊了伊凡的手。

「慢點……」雷禮甚至求饒了。

「但事情終究是被揭穿了，孩子明明答應了女人會保密，也保密了這麼久，女人卻在最後對自己的丈夫坦白了一切。」

伊凡的動作慢了下來，變成緩慢而用力地挺動，他輕喘著，發出輕笑聲。「這不是很傻嗎？嗯？」

「我……我不知道。」雷禮被伊凡親吻過的頸子燒了起來，一路燒到耳際。年輕男人的性器在他體內抽插著，不給絲毫喘息的空間，雷禮呻吟出聲。

伊凡的身影整個籠罩了他。雷禮張大眼望著對方，他困惑地想著：伊凡的身形有如此高大嗎？高大得占據了整個房間，並且緊緊壓迫著他，把他的五臟六腑全壓擠出來了。

「或許女人認為坦白之後，丈夫會原諒她吧？但他並沒有，情況只是更糟了而已，丈夫將女人軟禁起來，不許任何人去探望女人，當然包括了他的弟弟，女人被與世隔絕起來，這件醜事也被隱匿起來。」

伊凡的藍眼閃爍，他撫慰起雷禮的性器，張口咬住雷禮的下頷。

「所、所以你再也沒見過……你的母親了？」

「嗯嗯。」伊凡發出低喃，他搖了搖頭。「孩子每晚都會偷偷溜去見他的母親，因為即使母親如此待他，他卻一天比一天更思念母親，他每晚都必須見上母親一面，才能滿足他心底的空虛，他必須和母親說上一些話。」

「這時你也開始和你的父親疏遠了……」雷禮替伊凡下了評斷，伊凡又親吻他，唇舌深深地纏上。

「不，那時我愛我的父親，我每天也必須和他說上話，光是母親不足以填滿我的空虛。」伊凡深吸了口氣，他閉上眼，俯趴在雷禮身上，將全身的重量都放了上去。

他們的身體緊緊貼合著，伊凡將自己的性器埋進雷禮體內深處。

「直到那天，我對父親失望了……」

「哪……天？」雷禮眼中泌著水光。

就在剛剛，他高潮了，靠著男人的抽插，他的精液沾滿了兩人的腹部。

「我母親的頭……和她情人的頭……被獵槍崩了的那天？」伊凡抬起臉，吻去雷禮眼珠上的水氣，他露出了一抹極為哀傷的神情。「我對他真的非常……非常的失望。」

長長的金色睫毛遮掩了伊凡瞳孔裡的情緒。

失望的原因是什麼？雷禮目不轉睛地盯著伊凡，他不想錯漏了任何一個伊凡的表情。

「你父親……你父親殺了他們嗎？」雷禮問。

「血在大理石地板上汩汩流出，幾乎淹到了我的腳掌，你看過死掉的人長怎麼樣對不對？那真是奇怪。」

伊凡親吻著雷禮的手和嘴唇，讓雷禮沒辦法看清楚他的表情。

「我那時真的非常傷心，我之前從來沒有那種感覺，我對我的父親失望透頂。」伊凡又開始律動起來，肌膚碰撞的聲音和搗鼓的水聲讓雷禮想摀住耳朵。「然而他卻在這種情況下，抓著年幼而弱小的我，對我說：『是你做的！這一切都是你造成的！』」

伊凡似乎在模仿他父親的語氣，那聽起來激動又暴怒，像洪水一樣灌下。

雷禮緊緊按著伊凡的臂膀企圖讓他緩下，但年輕的男人卻像要摧毀他一樣無情地進犯。

「接著他開始對外說我的心理生病了，說母親的死是我造成的……讓他的罪孽全都由我承擔，你能相信嗎？」伊凡大力地幾下抽動後，雷禮遮住自己的臉，彷彿那樣能減緩痛楚。

「雷禮……」隨著伊凡身體的輕顫，熱流在雷禮體內漫開，雷禮從指縫間看到了伊凡眼裡滿溢的淚水。「我和你，其實是一樣的……你會相信我嗎？」

黃燈灑在伊凡的金髮上，即便雙眼被淚水沾濕了，他的臉卻依然一點表情也沒有。

「接著他將我送來了這裡，我現在的家。」伊凡挺起身，在雷禮面前從他體內抽開。

逆光的伊凡看上去很美，光影讓他像生了翅膀一樣。

「但我們都知道，我們並沒有生病。」伊凡的手指又纏住了雷禮的手指，他俯下身，窩進雷禮的懷中並且擁抱他。

「這個故事。」他在雷禮耳邊低語。「你會相信嗎？」

第七章

他必須想辦法自己逃出去——因為外面已經沒有人任何人願意相信他，以及幫助他了。

雷禮靠在走廊的窗台邊，低著頭不停擦拭著玻璃，像要把自己縮到最小隱藏起來一樣。

最近的雷禮開始被允許在晨霧之家內部自由出入，他們分派給他一些像是整理或打掃的簡單工作。

八字鬍和皮傑那伙人依然很喜歡找他麻煩，但裝瘋賣傻並不如想像中的困難，沉默是最好的應付方式，而雷禮已經學會如何保持沉默。

當他們發現找他碴他也不會有任何反應時，自然而然也覺得沒趣，加上伊凡的關係，現在並不會有太多人搭理他。

頭幾天雷禮表現得十分安分且聽話，他認真地清掃著，專心全意地做著反覆的事情，夜晚則是回到伊凡房裡，重複屬於他們兩人每晚的盛宴。

等到所有人都習慣「雷禮只是個被嚇壞了的傻子」這件事之後，雷禮開始去探訪一些新的地方。

每一天，他都會再多搜尋幾個區域，企圖找出一個最快能連接到外頭的路線。

一切進展得非常順利，每天每天，逃離的希望好像都多了一些，累積在雷禮的腹部騷動著。

伊凡會掩護他，也會稍微給予他一些幫助，讓他更加迅速地摸清整棟晨霧之家的結構和出入口。

然而隨著輪廓越來越清晰，那些希望卻也不再增加，而是逐步遞減。

雷禮發現事情似乎沒他所想的這麼容易。

晨霧之家的門禁比起他所預想的更森嚴，每個出入口都會派人守著，日夜輪替；就算先撇除這個因素好了，假使順利掩人耳目出了晨霧之家呢？

雷禮假裝擦著玻璃，視線則是不停在外頭逡巡著。

下午的時間大多數病人會待在大廳集體行動，醫護人員和修女門也會集中在那裡，二、三樓除了幾個愛打混的警衛外，幾乎不會有什麼人出沒。

在這個時間點窩在沒人的角落，想盡辦法找到能往外望的窗戶然後一個人靜靜地考慮事情一下午，已經是雷禮這段日子以來唯一期待的時間了。

窗外，晨霧即使到了下午依舊難以抹去，外頭灰濛濛的一片，圍牆高聳，上頭還纏了鐵絲電路。

出入的大門就只有一個，那裡同樣有警衛留守，彷彿為了刻意要困住某種邪惡的怪物，讓它毫無逃出的機會一樣……

去除掉內部層層的守衛，即使逃出去外面，出入口依舊只有那一個。

再退一步說話，就算過了那個出入口，他該怎麼回到市中心？他連晨霧之家到底在哪個方位都不清楚！

雷禮緊緊擰著眉頭，他愕然地發現只知道這些並不夠，他還需要更多資料。

此外，在這些難題之前，另一個更大的困境是——該如何在不驚動任何人或引發衝突的前提下，逃出晨霧之家？

就在雷禮陷入更深的思考前，他的衣襬被拉了一下，雷禮渾身一震，他真的被嚇到了，直到他低頭看見小鳥張著一雙圓滾滾的大眼看著他。

雷禮有好一段時間沒有看到小鳥了。

這些日子他的心思都在別的地方，忙著討好伊凡，忙著掩人耳目，忙著當那些人眼中不正常的人，所以他並沒有太留意其他人的動向，包括這小女孩。

雷禮卸下戒心。

小鳥大概是晨霧之家裡唯一能讓他精神暫時放鬆的人，他不用費心在她面前演戲，也不用花心思去應付她。

他甚至可以和她說出所有的祕密，而不用擔心她會洩漏出去。

雷禮放鬆了表情，卻又再看到小鳥的臉後，擰緊了眉頭，他彎腰想捧起女孩的臉，但被女孩避開了。

雷禮縮回手，他問：「妳的臉怎麼了？」

女孩蒼白的大臉上有著深深淺淺的瘀青，她的黑眼圈很深，臉頰比起之前消瘦。

小鳥沒有回答，她撥了他的手一把，隨後用掌心拍起了窗戶，不停看向他。

「怎麼了？」雷禮起先不了解她的意思。

女孩瞪大眼，她呼吸急促，不停地從喉頭發出尖銳的聲音。

她拍打著窗戶，望著雷禮，似乎在請求她幫他做什麼事，而雷禮卻一直沒能意會過來，所以她表現得非常焦慮。

見到雷禮始終傻傻地望著她，小鳥的視線也不再看他，她開始用頭撞起了窗戶，很大力，大力到足以震動整個窗欄。

「停下來！」雷禮低聲吼道，他按住女孩撞腫的額頭，一把抱住她將她按進懷裡。

小鳥不安分地竄動著，拚了命伸手想要去抓窗戶。

雷禮背後的汗一下子冒了出來，他緊緊按住女孩的嘴，將她整個人往懷裡壓，避免她發出更多聲音。

雷禮蹲低身子探頭看望，還好他一直都挑人比較少的時間出來遊晃，大廳裡並沒有什麼人。

被雷禮箝制住的小鳥反應激烈地掙扎了一陣子後，她漸漸軟下身子，手還是不停住窗戶抓，直到抓不動為止。

忽然地，女孩癱軟在雷禮懷中，了無生氣的樣子像個斷了線的娃娃。

「小鳥！小鳥！」雷禮慌張地拍了拍女孩的臉，但女孩並沒有反應。

雷禮把人抱了起來，他四處張望後，帶著女孩從大廳離開。

「為什麼？這很不尋常。」

莫洛注視著眼前心不在焉的伊凡，伊凡正在他的手術室內遊晃，雙手抱胸的他時不時會去翻動他的醫療器具，發出煩人的噪音。

「有什麼問題嗎？」伊凡停下腳步，藍眼望向莫洛。

莫洛沉默了幾秒，裝作若無其事地準備起針頭和藥劑，他小心翼翼地為針筒填裝藥水。

「沒什麼，只是你之前從來不會關心這孩子。」莫洛敲了敲針頭，他轉過身，小鳥橫躺在眼前的病床上。「而現在你卻親自帶著這個孩子過來，要我給她治療？我認為這不尋常。」

伊凡沉默不語，只是看著莫洛。

「你確定是你在走廊上發現她，然後忽然一時興起，就把她帶過來？」莫洛捲起女孩的袖子，替她在手臂上打針。「如果是平常，你根本不會做任何動作，你會任由她倒在那裡。」

「我憐憫這孩子。」伊凡嘆息。

莫洛卻搖搖頭，笑出聲來。「不，你根本沒有憐憫心。」他從鏡片中抬起眼，聲音篤定。「誰要你這麼做了嗎？」

伊凡笑露了一排牙齒。「你在指什麼？」

「你帶著雷禮一起來的，對吧？」莫洛在女孩青青紫紫的手臂上打針。

「果然騙不過你呀……」

「什麼意思？」莫洛停下動作，嚴肅地質問。「真的是雷禮要你這麼做的？」

「不，別緊張，放輕鬆點。」伊凡搖搖頭，他湊到莫洛身邊，伸手按住莫洛的後頸。「他現在沒有能力要求我怎麼做，你很清楚這點。」

莫洛盯著伊凡的笑容，那雙瞇起的藍眼睛內一點感情都沒流露出來，一點人味也沒有，但也許正因為如此，更是美得令人震懾。

「沒有任何人有那種能力，你是特別的，我很清楚。」莫洛呢喃著，一時片刻凝滯在那雙湛藍之內。

「很好。」伊凡湊近莫洛，但又很快地撇開臉來。

莫洛動也不動地維持著同個姿勢，他看著伊凡用手指撫過小鳥的手臂內側，那上頭布滿密密麻麻的針孔。

「我帶她來這裡是因為她會嚇到雷禮，她就這麼倒在走廊上，像具屍體……而你知道雷禮剛經歷過什麼，他看到她時簡直嚇壞了，那壞了一些原本我們可以在走廊上做些什麼的興致。」

伊凡笑得曖昧，隨後笑容又消失得無影無蹤。「我不喜歡這樣，你應該叫那幾個警衛節制點。」

伊凡用指腹摩擦著小鳥布滿針孔的手臂，意有所指。

「他們借了點東西助興，我以為那只會用在他們自己身上……」莫洛清了清喉嚨，繼續替小鳥消毒並施針。「我會要他們節制點的，這種事不會再被容許。」

伊凡看著針頭插入小鳥薄嫩的皮膚內。

「不過或許如此，她反而會比較輕鬆呢……」他喃喃著。

雷禮坐在莫洛的辦公室內，眼睛四處端望。

通往手術室的門扉緊掩著，伊凡正在另一端應付著莫洛，這裡只有他一個人。

雷禮最後還是去找了伊凡，讓伊凡替他處理小鳥的事情不一定是個好主意，可是沒有其他辦法，雷禮不能出面，這樣容易起人疑竇，畢竟他現在扮演的角色是個傻子，伊凡的玩伴。

女孩的情況不知如何？

雷禮一顆心沉甸甸的，抱著小鳥時總讓他有種抱著兒子般的錯覺。

雷禮強壓下胃中那股疼痛的絞動，他的視線掃過莫洛的辦公室，那些陳列著檔案夾和其他醫學書籍的櫃子。

這裡頭一定還有什麼資料值得他探尋，比如晨霧之家的整個建設圖？記載著方位的地圖？或者是贊助者的相關訊息？

比如羅倫斯的……

雷禮又看了眼門扉，門像密封了一樣沉靜。

躊躇幾秒後，雷禮聽著自己的心跳聲，他起身快步向前開始翻起了莫洛的書桌和抽屜。

這機會不是偶然的，是伊凡給予的。

雷禮一直沒有機會能靠近莫洛或晏西老神父的辦公室，莫洛只讓泰勒清掃他辦公室，而更別提老神父了，他根本不讓任何病患靠近他的地方，除非他是想處罰他們。

將小鳥交給伊凡後，伊凡大可以轉讓其他護士或修女去處理，但他卻選擇親自帶著雷禮來到莫洛的辦公室尋求幫忙，然後將雷禮放在這裡，自己去應付莫洛。

雷禮不確定這是好事或壞事。

當然，能知道關於晨霧之家的更多事對他來說絕對有利無害，但欠伊凡人情呢？伊凡絕對不會不求回報的幫他……

雷禮小心翼翼地翻著莫洛的抽屜和櫃子，不時抬頭張望情況。

櫃子裡沒什麼特別的，都是病人的檔案和資料，一些醫學書，唯一有用的是一本晨霧之家的消防手冊，它被夾在一堆資料內，看起來很新，沒被翻動過，裡頭有些晨霧之家的消防結構圖，或許多少能有幫助。

雷禮思索了幾秒，他將消防手冊塞進懷裡，繼續翻其他抽屜，但其中幾個抽屜被鎖了起來。

這時，門口傳來了腳步聲，伴隨著啜泣聲。

雷禮起身，很快地坐回座位上，讓自己盡量看起來平靜一點。

來人沒有敲門，安靜地打開門後小心翼翼地踏進辦公室內。

雷禮瞥了對方一眼，是泰勒，他紅著兩個眼眶，看到雷禮時整個人頓了一下，似乎是在疑惑他為什麼在這裡。

雷禮沒有說話，他沉默地盯著自己的手指，或是泰勒移動的腳步看。

見雷禮沒有反應，泰勒在門口躊躇了一會兒之後，他瞥過頭，隨手抹了把臉，靜靜地關上門，走向莫洛的辦公桌開始清掃。

雷禮沉著氣，他有一段時間沒跟泰勒這孩子說話了，自從上次的談話後，泰勒就很少接近他，尤其是當他和伊凡在一起的時候。

老實說，雷禮很想和泰勒說說話，關心一下這孩子。

年輕的孩子在晨霧之家裡都是弱勢，在他忙著應付伊凡和裝瘋賣傻時，泰勒和小鳥他們都在面對著些什麼，雷禮根本不敢去想。

泰勒身上所遭遇過的事情，雷禮親眼見證過，而每當想起那幾幕，怒氣又會在雷禮的腹部隱隱竄動。

——如果他自己可以逃出去的話，他有沒有餘力再回過頭來救這些孩子？

還有……伊凡呢？伊凡和他的那些故事，他是否該視而不見……

雷禮陷入沉思之際，泰勒忽然站到了他面前，用極小的音量試探性地問道：

「為什麼和伊凡在一起？」

雷禮沒反應，見狀，泰勒不安地舔了舔嘴唇，又試圖和他說話：「是不是伊凡逼你做了什麼事？」

泰勒蹲低身子，試圖與雷禮對視，少年的雙眼裡充滿焦慮與擔憂。

「能不能……能不能和我說句話？你不是真的都不說話了，對不對？」

泰勒的眼神裡充滿懇求，似乎是在懇求雷禮依然是本來他所遇見的那個雷禮。

少年也許只是想找個能溝通的人說話，因為晨霧之家裡沒別人能聽他說話。

雷禮幾乎就要開口說話了，幾乎……

但最後他選擇沉默不語。

少年和他的小兒子有著相同的名字，雷禮同情這個少年，憐憫這個少年，但卻無法信任他。

「我不知道你是不是真的不正常了……但是，如果你只是有某種苦衷而這樣，請聽我的勸說，離伊凡遠一點，不要被伊凡影響了……他會讓人變得不正常，就像其他人一樣，他們最後都被他影響了。」泰勒囁嚅著，這番話像發自內心一樣。

雷禮望向泰勒，少年眼裡滿是水光，他很快地又瞥開眼。

他不知道泰勒所指的其他人是誰，莫洛？小鳥？那些禽獸不如的警衛們？或所有的人？

但泰勒對他現在和伊凡的關係並不知情，泰勒不懂，雷禮現在根本離不開伊凡——

「拜託……別被伊凡騙了，不要變得跟其他人一樣。」

泰勒搓著手在雷禮面前站了好一會兒，雷禮依舊沒有答話，只是沉默地看著地上，緊緊地咬著牙關。

泰勒抹了抹臉後，他退開，從身上拿出鑰匙，將莫洛鎖上的書桌抽屜解鎖。

「關於伊凡……有些事你應該知道。」泰勒說，他並沒有拉開抽屜，只是默默離開莫洛的辦公室。

雷禮看向莫洛的辦公桌，他等著腳步聲離去，直到辦公室內又剩下他一個人。

這是個陷阱嗎？

雷禮忍不住懷疑，視線卻又無法從莫洛的辦公桌上移開，最後他起身，走向了莫洛的辦公桌並且拉開抽屜。

那是伊凡的病歷，單獨地被隔離起來。

雷禮拿起病例，在確認周圍沒有其他腳步聲後，他翻閱起檔案。

雷禮抹了把額頭，他沒辦法專心在紙上的文字。

雷禮試圖要集中精神，但思緒卻不停被拉遠，他的身體下沉，柔軟的床被快淹沒他的身軀，棉絮使他窒息，他耳際的聲音全都消失了，他以為自己會這樣溺死——直到那雙手從他背後抱了上來。

「在讀什麼？」

伊凡的聲音從雷禮耳際傳上，彷彿愛人般的呢喃讓雷禮渾身一震，冷汗和雞皮疙瘩細細地爬滿了他的頸子，他緊張地闔上自己正在閱讀的本子。

雷禮想把冊子收起來，卻被伊凡一把搶了過去。

伊凡翻開冊子看了看，他瞇起眼，窩在雷禮身旁的樣子像隻貓。

「我還在好奇你怎麼就自己跑回房間了，原來是偷了別人的東西吶……」伊凡一臉沒趣地丟下雷禮偷的那本消防手冊，他翻到雷禮身上，扳過他的臉親吻他。
「雷禮，你欠了我一個人情，你知道應付莫洛是件多麻煩的事嗎？」
「你明明可以不用親自處理這件事，少把責任冠在我身上。」雷禮推開伊凡，他今天沒什麼心情讓伊凡胡鬧。「小鳥呢？」
「沒事了。」伊凡用手指摩娑著雷禮的下巴，像在撓貓一樣。「她很好。」
「不，她不好，他們到底都對她做了些什麼？」雷禮問，他抓住伊凡的手。
伊凡注視著雷禮，藍眼眨啊眨的，好半天才沒頭沒腦地回了句：「她想飛吧！」
「什麼？」雷禮擰起眉頭，伊凡反手抓住他的雙腕，將他壓制在下。
「你說她一直撞窗戶不是嗎？」伊凡說，「她一直拉你，就是要你打開窗戶，她想飛出去，我不是說過了嗎？她是小鳥。」
「不，她不是，從那裡跳出去她只會摔死。」雷禮有點生氣，伊凡和他解釋的模樣像在說什麼笑話一樣，而這一點都不好笑。
「我當然不是說她真的是了……只是他們讓她用了藥之後，或許她又以為自己長出了翅膀，所以急著想飛出去逃走吧？」

「他們給她用藥？」怒氣在雷禮胃中膨脹，他一陣反胃。

「對，這不是什麼稀罕的事，那些警衛閒來沒事也會在自己的房間打那些玩意兒，莫洛從不禁止這些事，你在警局工作，應該知道什麼叫同流合汙……一個人這麼做，其他人也跟著這麼做，互相給方便，對每個人都好，只有對不配合的那個人不好。」伊凡捧著雷禮的臉，「瞧，你現在不就在這裡了？」

「他們在想什麼？小鳥只是個孩子，他們想害死她嗎？你知不知道那些毒品的危險性！你看過用了毒品的人最後的下場嗎？」雷禮怒氣沖沖地拍開伊凡的手，他心底深處泛起一股顫慄，他不應該這樣對伊凡大吼大叫，他答應過要聽話的。

但雷禮很生氣，他看過很多毒蟲們最後的下場，他不介意那些警衛們最後因為這樣害死自己，但為什麼？小鳥不過是個孩子，為什麼她要被迫受到這樣的待遇？

「別對我大吼大叫的，雷禮。」伊凡按著自己被拍掉的手，他坐在雷禮身上，原先輕柔的語氣放低了些。「你這麼做改變不了什麼。」

「我改變不了，但是你可以吧？」雷禮一把扯住伊凡的領子，青年被他緊緊拉住。「只要你說一聲，這是辦得到的，把小鳥送出這裡！」

「別要求得太遠了，雷禮，為什麼我必須幫助小鳥呢？」伊凡看上去充滿困惑，純粹的困惑。

「你答應過要幫助我……」

「我答應過要幫你，只有你而已，不包括其他人。」伊凡聲明得很清楚，他的手指插入雷禮的髮間，藍眼凝望著雷禮。「不要無限上綱，你能給我回報，所以我幫助你，但其他人沒辦法給我同等的回報……你仔細想想，他們能給我什麼呢？」

雷禮答不出話來。

「這真有趣，不是嗎？你明明也無法從小鳥身上得到任何回報，但你卻想幫助她？我永遠也無法理解，驅使你這麼做的原因是什麼。」伊凡的眼神裡透露著好奇。

「不為什麼，只因為我想幫她。」雷禮放開伊凡，伊凡卻不願意放開他。

伊凡歪了歪腦袋，下一句話像澆了桶冷水在雷禮身上。

「只是想，但你卻沒有真正去實行。」

「你在說什麼，我現在的狀況根本沒辦……」

雷禮急於辯解，卻被伊凡打斷。

「小鳥找上了你，你卻未替她開窗……」

「替她開窗只會讓她摔死！我跟你說過了！」

「雷禮，你接下來的打算是什麼？找我幫助你，又偷了莫洛辦公桌裡的消防手冊是為了什麼？嗯？」伊凡輕哼著，將雷禮的手放在他的臉上，彷彿雷禮正在撫摸他的臉一樣。

「我必須離開這裡，但這跟那沒關係……」

「有關係。」伊凡很肯定地說。「你打算一個人離開這裡。」

雷禮擰起眉頭，他和伊凡的視線交會，又在一瞬間凝結住。

「對，但我別無選擇。」雷禮說。

伊凡卻說：「真的別無選擇嗎？」

在雷禮要辯駁伊凡的說法之前，伊凡繼續說：「你一個人離開之後打算怎麼辦？找羅倫斯報仇？去跟媒體哭訴？有誰會相信你？」

「總會找到辦法的！」雷禮的心臟急遽跳動著，因為他幾乎沒辦法反駁伊凡說的任何話。

「不，沒有辦法，你自己心裡清楚，不會有任何人相信你，因為即便你逃出去，你還是個從精神病院逃出去的患者，誰會相信你？最後你會發現自己毫無辦法，而外面的人還是會想辦法捉你回來，你只能逃跑，或坐以待斃，屆時……你會發現就算你逃出去了，你還是什麼人都幫不了，包括你自己、小鳥，或任何人。」伊凡笑著。

「閉嘴！事情不會像你說的這樣。」雷禮試圖抵抗，但伊凡卻強硬地按住他整個身體。

伊凡的腰和腿纏入雷禮的雙腿之中，褲底隆起的部位磨蹭過他的下身，雷禮一陣震顫，怒氣被懼意磨滅了不少。

萬一伊凡說的是真的呢？

不，雷禮甚至認為——對方說的不是沒有道理，事情發展成那樣的機率，比他所想像出的樂觀情況高太多了。

「雷禮，早在小鳥尋求你的協助時，你就該幫她開了那扇窗戶，讓她飛出去，這樣對她來說是最好的結局。」伊凡親吻雷禮。

「閉嘴！」雷禮推開伊凡，他抹掉嘴唇上的唾沫，憤怒地掐住伊凡的頸子將他壓進床上。「你這個騙子。」

「我沒有騙你，你想丟下我們離開，去尋找你的正義，但你找不到，最後你還是必須回來，誰也救不了，包括你自己！」伊凡的臉被掐紅了，但他一點痛楚也沒有顯現。

這傢伙還是人嗎？雷禮幾乎用上了全力，但在伊凡真的窒息前，他收了手。

——他不是個殺人犯。

「你就是個騙子，你說的一切都是謊言，都是你編造出來的。」雷禮指著伊凡。

「你指什麼？」伊凡摸著頸子微笑，彷彿什麼事情都沒有發生過。

「別跟我裝傻，這讓人噁心。」雷禮瞇著眼，咬牙切齒。「你父親沒有開槍殺掉你母親和他的弟弟，真正開槍的人是你母親，而你——你是唆使她這麼做的人。」

雷禮翻閱了伊凡的病歷，病歷上面記載的內容和伊凡說的內容有很大的出入。

伊凡的母親並沒有如伊凡所說的，曾經與他的叔叔通姦，相反的，她受到了伊凡叔叔的性侵——趁著伊凡的父親不在時，一次又一次地性侵他的母親。

這件事一開始只有伊凡的母親和叔叔知道，直到事情被伊凡撞見為止——這成了他們三人的祕密。

伊凡沒有將這件事說出去，對於母親被性侵這件事也沒有表現出任何憤怒、悲傷或恐懼，這不是一般孩童該有的反應，病例報告裡有一段伊凡與心理醫生的對話甚至是這麼記載的：

醫生：「叔叔有逼你看他犯下的那些罪行嗎？」

伊凡：「偶爾，但主要是看我的心情。」

醫生：「當你被迫觀看時，你有什麼想法？」

伊凡：「我覺得……我覺得非常美麗，母親臉上的表情。」

病歷裡並記載著，在事情被伊凡的父親發現後，伊凡的母親罹患了嚴重的憂鬱症，以家族名譽為由，性侵的醜聞沒有外洩，伊凡的母親則是被他父親軟禁了起來。

醫生：「在這段期間你會去探望母親嗎？」

伊凡：「每天……每一天都會。」

醫生：「你都會和她說些什麼？」

伊凡：「我會告訴她，她有多美麗……就像之前的每一次一樣。」

出事的那天，沒有人知道詳細的情形是怎麼發生的，被軟禁的母親被人放了出來，還被給予了一把獵槍，她的小兒子跟在她的身邊，他們一起潛入父親弟弟的住處，母親開了第一槍……

醫生：「當時你又對她說了什麼？一樣的話？」

伊凡：「不……當時我什麼話也說不出來。」

醫生：「然後呢？」

伊凡：「然後我帶她去找了父親，父親沒有聽我的話搶過獵槍，於是我讓母親開槍射自己的腦袋，那是唯一能讓事情有個完美句點的方式，不然一切就要讓父親毀了。」

病歷中的對話紀錄，是距今幾年前的事，當時的伊凡還是個少年，說話聽上去很沒邏輯性，若是以正常少年的思維來判斷的話……

但伊凡並非常人。

病歷報告結論伊凡是個狡詐、異常聰明而且謊話連篇的病人，警方的報告及伊凡父親的筆錄則是顯示，當時伊凡唆使母親犯下一切罪行，並要求父親開槍殺死母親，但因為父親沒同意，最後他教唆自己的母親自殺——

這和伊凡說的故事內容完全不同。

伊凡愣住了幾秒，他張大眼，隨後咯咯笑了起來。「你不只偷了消防手冊，還偷看了我的檔案？雷禮……你真是讓人驚喜。」

「騙子，伊凡，你就是個他媽的騙子。」血液在雷禮皮膚底下翻騰，他應該往對方臉上痛揍幾拳，他應該這麼做，可是他沒有這麼做。

雷禮緊緊握住拳頭，但疲憊感遠遠壓制著他的怒氣，這讓伊凡有了機會。

伊凡挺直身子，姿態端正讓他看上去比雷禮高上一截。他握住雷禮的手腕，緊緊圈上，彷彿在替一頭野獸鉗上鐵鍊。

伊凡瞇了瞇眼，露出笑容，他對著雷禮說：「雷禮，你聽到了兩個故事，兩個故事的結局是一樣的，我的母親和我的叔叔死了，我從沒說過到底是誰殺了誰，警方或院方也從沒親眼見證實際的過程，他們聽到的只有我父親的片面之詞。」

雷禮的喉結上下輕輕晃動著，他的腕部生疼，籠罩在伊凡身後的暗影又在他面前展延了翅膀，蓋過一切光源。

「你知道的結局和我知道的相同，但你卻沒經歷過我和我父親所經歷的，那麼你怎麼能如此確定要相信誰呢？」伊凡傾身，再次親吻雷禮。

唇舌黏膩而溫熱，雷禮迷糊了。

「你可以花點時間仔細考慮自己想相信誰，但這不會改變故事的結局，也不會對你現在所想要達成的目標有任何幫助。」

「我不曉得……」雷禮的雙手抹上臉側。

不過是幾秒鐘的時間，伊凡讓他的怒氣平息下來，取而代之的卻是給予他霧霾般的困惑與惶恐，但他會很快地再為他帶來解答。

伊凡捧著雷禮的臉，像個細心的導師，循循善誘。「你不用探究到底哪個故事是真實的，只需要選擇對你來說最輕鬆的一個去相信，嗯？」

哪一個故事是真實的？

從前，雷禮肯定會在意得不得了，茶不思飯不想也要從伊凡嘴裡掏出真正的實話，但他現在沒有那個心力。

被伊凡壓在桌上和床上操的時候，罪惡感已經不再這麼深重，那些會淹沒他口鼻的黑水逐漸褪去，偶爾雷禮會盯著窗台，或伊凡房間裡的某件精緻小物盯得出神。

有時候，他會專注精神在與伊凡的交易上，細細體會那被充盈、填塞，灌滿的疼痛與快意。

取悅伊凡這件事變得越來越得心應手。

雷禮不再花時間失眠於自己為了換取幫助出賣身體的羞恥上，他花更多的實間失眠在如何逃出晨霧之家……以及小鳥或泰勒身上。

自從伊凡說破了一切後，在他有幸擺脫失眠的其他夜晚，他都會噩夢連連。

夢境通常是這樣的，他戲劇性地獨自逃脫出晨霧之家，在黑暗中沿著樹林一路狂奔，但當他衝破黑暗，結局卻像個無線迴圈，他又來到了晨霧之家。

接著他被五花大綁，八字鬍和皮傑抓著他進入晨霧之家內，泰勒蜷縮在走廊的一端哭泣著，小鳥則站在窗台邊回頭看著他，在他試圖要開口說話之前，伊凡卻為小鳥打開了窗子，接著她迫不及待地縱身一跳——碰！

她沒有飛起來，噩夢真實得讓雷禮每晚都從驚嚇中清醒。

那對他的身心成了一種折磨，小鳥每在他夢裡跳樓一次，雷禮的罪惡感就加深一分。他不常能擺脫這些噩夢的侵擾，偶爾的幾次例外，通常只因為他當天太過疲累，而可笑的是，造成他疲累的原因只會有一種——

「你今天看起來不太開心。」

伊凡進到病房內時，雷禮正蜷縮在床上，沒有如同平時，忙著四處探尋，找出能獨自脫身的方法。

「來這裡之後我就沒有開心過。」今天的雷禮看起來疲憊且慵懶，像洩了氣的皮球，對於幾日前興致勃勃的脫逃大計，顯然已經不這麼熱衷，連嘲諷都不來勁。

「是因為找不到新方法逃出去？」伊凡坐到床邊，伸手撫摸雷禮的頭髮。「還是因為仍然在意著我的故事？」

「不，只是因為睡不好。」雷禮否認，卻別過臉迴避了伊凡的撫摸，他從床上坐起身子，眼神直直地凝望著伊凡，沒有懼意。

「我應該和莫洛討幾片安眠藥嗎？」伊凡問。

「你明知道我討厭吃藥。」雷禮這話一說完就想咬掉自己的舌頭，因為這對話聽起來有些……親密？

「我確實知道。」伊凡笑亮了一口白牙，他匍匐至床上，籠罩在雷禮身上。

「讓我幫助你入眠，好嗎？」

伊凡低柔的嗓音讓雷禮的身體下意識地放鬆，年輕男人的身形遮住了他身上所有的光，這反而讓他的煩躁平穩，眼皮舒緩。

伊凡到底了解他有多深？是否比他更了解自己？這想法像針尖一樣鑽入雷禮骨髓深處。

「你不是在幫助我，只是在滿足自己。」雷禮如此回應，卻側過了頸子，讓伊凡能更輕鬆地脫下他的衣服。「我的回饋在哪裡？」

伊凡發出輕輕的笑聲，是在笑他說話的語氣像個尖酸刻薄的男妓一樣嗎？雷禮不在乎，他壓住伊凡的手。

規矩是伊凡訂的，伊凡自己就必須遵守。

伊凡凝視著雷禮，笑而不語，久久才吐出一句話：「有好消息，有壞消息，你要聽哪一個？」

「糟的那一個。」雷禮說，他放下手，讓伊凡繼續他想對他做的事情。

「小鳥已經醒了，這幾天莫洛會讓她回到病房。」伊凡脫掉雷禮的上衣。

雷禮皺起眉心，他就知道晨霧之家裡從沒有好消息。

「他不應該讓她回到病房，他們會繼續對她下藥，逼她……逼她唱歌。」雷禮有種反胃的感覺。「她遲早會受不了，她只是個孩子，這次能撿回命已經很幸運了。」

「對，我同意，這只是時間問題。」伊凡細不可聞的聲音說道，長睫毛下的藍眼睛透徹得像顆玻璃珠。

伊凡不是真的「同意」了雷禮的話，反倒像是在暗示什麼，雷禮可以感覺得出來。

「如果你逃出去再回來救她，來得及嗎？假設你能逃出去，而且還能回來。」伊凡唐突地拉下雷禮的褲子，他不舒服地輾轉身子。

「來不及。」雷禮回答得老實。

每次，每次，當他看到伊凡拿出潤滑液，用修長的手指沾滿那透明的液體，他心底深處始終會溢出那種酸澀的恐懼感，麻麻地在指尖與腳尖發脹著。

「如果你繼續待下去呢？」伊凡又問。

「也沒有機會。」雷禮張開雙腿。

伊凡的手指入侵他的體內時，雷禮的感覺就像是被鐵鉤勾住了一樣，這種嚴重的錯覺揮之不去，可是俊美的青年盯著他看，臉上帶著淺淺的微笑，卻又像是某種不能拒絕的邀請，至少雷禮抗拒不了。

「完全沒有其他辦法了，還有任何方法可以救所有人嗎？」雷禮用手掌遮住臉，羞恥於自己下身的勃發。

「不……永遠有其他的方法，你明知道有其他方法，雷禮，你很聰明。」伊凡抽出手指，雷禮適應得很快，私密的部位溢著水光，紅腫而濕滑。

像給予獎勵般給予親吻，伊的嘴唇在雷禮的嘴唇上逡巡。

他怎麼可能會知道其他方法？雷禮細細地體會著嘴唇上柔軟的觸感，他的腦袋發熱，伊凡進入他體內時他毫不知恥地發出了呻吟。

不會有其他的方法了……他不能迷失在伊凡的謊言裡。

「還有……還有一個壞消息是什麼？告訴我。」雷禮壓住伊凡的肩膀，手指緊緊扣入他的肌膚內。

伊凡沒有回答，他壓著雷禮的腰，狠狠地操進他的身體裡。

雷禮的耳根子發燙，身體被操得幾乎不能自己，他知道逃是沒有用的，箝制著他的手及性器只會越纏越深，於是他伸手壓住伊凡的後頸，用近乎暴力的方式親吻對方。

伊凡看上去有些訝異，但更多的是驚喜。

「告訴我。」雷禮喘息著重複一樣的話。

「我聽說……最近會有人來探訪你。」伊凡將雷禮猛地壓進床裡，他將雙手掌伸直攤平在雷禮胸口上，手指壓進雷禮肌膚裡的力道，彷彿要直接掏出他的心臟一般。

「誰？」雷禮的心臟猛烈地跳動一下，接著停止。

「那個你很想見到，卻又不想見到的人。」伊凡哼出呻吟。

「我……討厭文字遊戲。」雷禮緊緊咬著牙關，青年的性器在他體內膨脹，而他無法繼續承受。「是誰？伊凡……」

伊凡俯身，輕舔著男人耳垂。待會兒他將在男人體內釋放，男人會絞緊他，並且在聽到那個名字後，發出像窒息了般的低吟。

伊凡喜歡那聲音。

「羅倫斯——雷禮，是羅倫斯……他要來了。」

第八章

如坐針氈，這是雷禮這些天來的寫照。

這幾天以來，雷禮沒有多花心力在鬼鬼祟祟地探尋什麼逃跑路線上，他很疲憊，也沒有多餘的時間和精力。

雷禮的視線隨著注意力轉移了，他開始盯著警衛們，盯著他們臉、他們的胸口、他們腰上攜帶的器械。

此外，雷禮還將餘力分給了小鳥，就像母雞帶小雞一樣，從小鳥被放回病房之後，雷禮幾乎寸步不離地陪在小鳥身邊。

經過藥物的折騰後，女孩變得更加憔悴瘦弱，她甚至只能坐在沙發上攤著不動。

明眼人都知道，只要那些情況繼續維持下去，女孩絕對沒辦法支撐多久，很快她的生命將會消逝。

再一次，再一次就很可能會摧毀她。

因此雷禮小心翼翼地想要確保女孩不會再受到任何傷害，因為這種事不能被允許再次發生。

對此伊凡沒有多說什麼，他縱容雷禮的保護欲，也縱容雷禮利用「只要伊凡不容許，警衛們不會輕舉妄動」這件事。

他們都很清楚，伊凡不會主動去幫助小鳥，卻也不會拒絕雷禮利用他幫助小鳥這件事。

只是如此微弱的保護，能維持多久？

時間看上去很緊迫，雷禮總有預感，再繼續這樣下去，很快的，女孩會從晨霧之家內消失，沒人有關心，也沒有人在乎。

那些警衛和醫護人員們只會笑鬧著，裝做什麼事也沒發生過，並且尋找下一個替他們「唱歌」的孩子。

而除了小鳥之外，雷禮心頭上還懸著一個泰勒。

自從他接納伊凡的庇護之後，莫洛不再找他進去他辦公室進行那慘無人道的醫療折磨，然而，那些無處可洩的變態慾望似乎全回到了泰勒身上。

泰勒的臉上和身上的傷痕和瘀青增加了，每天都有新的。

雷禮很想幫助泰勒，但他實在無暇再多顧及一個人，更遑論自從泰勒給他偷看過伊凡的檔案後，就處處避著他。

是因為見到他仍然陪在伊凡身邊而感到失望嗎？

雷禮總是忍不住想，當時泰勒會給他看那些檔案，是否就是希望他離開伊凡，而這樣或許……或許有機會能讓他離開伊凡的羽翼下，像先前那樣，替他分攤一些莫洛的折磨？

雷禮恍惚地站在大廳角落，直到耳邊傳來窗戶的碰撞聲他才回神。他抹了把臉，這才發現自己的手心和額際都是冷汗。

雷禮看向一旁，小鳥不知何時用盡全力爬起身，又站到了窗邊，並且不停用頭碰撞著窗戶，輕輕的，像是最後的掙扎。

他看向另一邊，警衛們正和醫護人員還有修女們交頭接耳，幾個人走來走去，引發了一些小騷動，因為今天晨霧之家要迎來一個大人物。

雷禮深呼吸，試圖壓下不斷湧上心頭的怒意，他將手按上小鳥的腦門，並且蹲下來在她耳邊輕喃：「去找個地方躲起來，不要被他們找到了，等我。」

小鳥靜靜地抬頭盯著他看，什麼也沒說，雷禮不清楚對方聽懂了沒，正要再次提醒她時，她緩緩地轉了個方向，靜靜地離開，臨走前只是看了他身後一眼。

雷禮站起身，不用回頭他都知道是誰站在他背後。

那股消毒肥皂的氣味襲上，青年從後方用雙手環住他的腰，臉靠上了他的肩頸。

「他們待會兒會把你帶走，晏西神父會在那、莫洛會在那——羅倫斯也會在那，所有你厭惡的人都會在，但我不會在那裡。」伊凡在雷禮耳際呢喃，彷彿在模仿他和小鳥說話的樣子。「可以忍耐嗎？」

「不是可不可以的問題……」雷禮倏地閉上嘴，為了伊凡挑在這種時候在他後頸吮出一個吻痕而感到悶悶不樂。「我必須忍耐。」

「很好，隱藏你的怒氣，收好你的翅膀，現在都不是展現的時候。」當伊凡以他慣用，沉穩而平靜的嗓音對他說「很好。」時，雷禮的胃部泛起了一陣古怪的麻癢感。

「我知道，貿然行事只會毀掉一切。」

雷禮深呼吸著。他不能讓自己的怒氣凌駕一切，在羅倫斯面前暴露他的正常，只會讓所有人再度對他有所戒心，到時候要逃出去只會更困難。

雖然他現在連能不能逃走都不確定了——

「那倒不是主要原因。」伊凡卻發出笑聲，他說：「當你展開翅膀時，我人要在現場，我必須親眼目睹一切。」

又在說那些令人摸不著頭緒的話了。雷禮嘆息，伊凡的手則是很不客氣地探入了他的褲頭內。

「現在，先跟我回房間一趟，我希望他們發現你時，你是一團糟的狀態。」

雷禮確實是一團糟的狀態下被帶出伊凡的病房。

那很好，他連褲子都沒穿，只掛著一件病人服，頭髮凌亂，腿間還都是潤滑液和青年的精液。

八字鬍和其他醫護人員把他帶出伊凡病房時，全都一副皺著眉卻又了然於心的輕蔑模樣。

他們似乎都希望他是在乾乾淨淨的狀態下去見那位大人物，但被最近勾搭上的病友在病房裡操到站都站不穩，對於他這個「神經病」來說似乎也很「正常」。

他們沒有多花時間清理他，因為雷禮不太配合，他只是呆滯著，任由他們架住他，替他套上縛住雙手的病人服，雙腿上的曖昧的液體也只是隨便擦拭過，一旦雷禮邁開步伐走路，那些東西又會流下來。

一切都讓人很不舒服，雷禮是感受最深的人，但他沒吭半聲，衣服下的拳頭緊緊握著。

雷禮被帶到了會客的小房間，就是他上回見他前妻姐姐的那個房間，這裡充滿了不愉快的回憶，而想必現在還要再經歷一次更糟的。

起初，裝瘋賣傻了這麼長一段時間，雷禮以為自己已經可以輕輕鬆鬆地咬牙忍耐撐過這一切，但他錯了，事情似乎沒他想得這麼容易。

雷禮深吸了口氣，他不斷告訴自己必須冷靜下來——羅倫斯這趟來，除了欣賞他現在的窘境外，一定也帶著測探的意思。

或許羅倫斯已經聽說了殺他兒子的前警探在這間精神病院裡遭受了什麼樣的待遇，被折騰成了什麼樣的瘋子，現在只懂得傻呼呼地像隻公狗一樣跟其他病患亂搞，但他還是想要親眼目睹。

所以，雷禮不能失控，不能回歸正常，他必須順著羅倫斯的意，成為一個「神經病」，這樣才能確保羅倫斯已經心滿意足了——

然而從雷禮被帶離伊凡身邊開始，就一直有種呼吸不過來的錯覺。

雷禮感到惶恐。

或許他會在看到羅倫斯那刻就失控呢？也許他完全壓抑不住自己的怒氣呢？好幾次，當雷禮想像羅倫斯進到會客室內的那瞬間，他就憤怒得全身血液沸騰，腦海裡已經不曉得衝上去撕裂對方幾次了……

忽然，門口傳來的聲音吸引了雷禮的注意，那是老晏西在和他尊貴的客人說話的聲音，他聽到羅倫斯的聲音的那一霎那，門也被打開了。

先進來的是老神父，後面跟著的才是那個梳著油頭的體面政客。

當雷禮的視線和羅倫斯對上時，他以為自己會像想像中的那樣衝上去——但他卻沒有。腦海裡伊凡的一句「隱藏你的怒氣」輕易地讓他整個人沉靜下來。

有那麼一瞬間，雷禮腦海裡只充斥著，如果自己展現出了怒氣，沒有在場的伊凡因此而感到不悅該怎麼辦？這樣的想法。

於是在體面政客原本笑盈盈的臉垮下來的那瞬間，雷禮別開了視線，他開始放空，像個傻子一樣。

「如您所見，警探已經毫無行為能力，他不說話，不和人互動，完完全全就是個病患。」雷禮聽見老神父開口強調，「真正的病患。」

「他這樣多久了？」羅倫斯的語氣飽含著怒意及懷疑。即便看到擊斃自己孩子的凶手已經變成如此了，他心中的憤恨似乎始終沒有消褪。

「有一陣子了，幾個月前接受過幾次治療後，成效似乎才開始出現。」雷禮沒發現莫洛也跟在他們身後，外頭則是等著八字鬍和皮傑那群醫護人員。

就如同伊凡所說的，他所憎惡的人全都集結在此了。

「成效？」似乎是覺得莫洛的用詞有趣，羅倫斯發出笑聲。「看來是很有用吶，都變成了傻子是嗎？」

雷禮頭皮忽然一緊，羅倫斯抓住他的頭髮逼迫他抬起頭來。

要不帶情緒的注視一個你如此憎惡的人是件非常困難的事，究竟要如何不讓內心的憤怒由裡到外地噴發出來？

雷禮的心臟狂跳，他希望不要被羅倫斯聽見。

雷禮注視著羅倫斯，心裡想著伊凡，伊凡和他那雙藍眼睛，他控制得很好，他沒有爆發，沒有從眼底噴發出怒火吞噬眼前的人，相反的，他平靜而渙散，彷彿已經不認得眼前的人。

而這時候，還有個很重要的因素，他需要表現出些許畏懼。

「記得我嗎？雷禮。」羅倫斯低聲。

雷禮沒有回話，他盯著羅倫斯，滿臉困惑，但他的掌心幾乎被指甲壓出傷口。

是的，當然記得。

「羅倫斯先生，雖然我們綁住他了，但你最好別太靠近他，依你的要求，我們並沒有幫他注射鎮定劑。」莫洛出聲警告。

依羅倫斯的要求？對方果然在算計他。雷禮心想，羅倫斯想要看看他是不是真的瘋了。

「對了，我聽到一些有趣的傳聞，聽說警探和醫院裡的某些男病人有著……不正常的關係，這是真的嗎？」羅倫斯放開雷禮，他語氣裡滿滿的欣快及恥笑意味，接著他伸腳，用力地踹了雷禮一腳。

這一腳純粹是私人恩怨。

雷禮連人帶椅摔到地上，但這不是最糗的，他白色的病袍下襬處，淺淺深深地浸濕了一塊汙漬。雷禮從剛剛開始就坐在那攤濕潤的液體上，他看起來像失禁，但明眼人都知道是怎麼回事。

羅倫斯發出輕哼聲，答案擺在眼前。

是的，我是和男人搞上了，還是和你好友的瘋兒子！

摔痛的雷禮倒在地上，偶爾他會忍不住敬佩自己，都已經這種時候了，他的內心底深處卻還是忍不住要嘴皮。

喔，或許伊凡愛上的是他這點？

「這真讓人難以啟齒……但確實如此。」尷尬的老神父一臉凝重，「雷禮先生的行為有多不得體，修女們都跟我說過了，我們正嘗試著導正他。」

雷禮被逗得幾乎要笑出聲來了。

老神父滿口謊言，如果他真的在乎這些，他早該把那些侵犯小鳥還有泰勒的傢伙通通捉起來導正，還有他自己——

老神父曾經讓小鳥也到他的房間唱歌……這樣的傳聞不是沒有過，而傳聞的真實性或許就和「雷禮與其他病人搞上」這傳聞相同真實。

「何必麻煩？」羅倫斯哼道，他擺擺手，看上去一點也不在乎。「警探沒有必要好起來，反正他一輩子都必須待在這裡。」

「我只希望他繼續腐爛下去。」羅倫斯說，視線重新放回雷禮臉上時是如此的憎惡。「為了贖罪。」

——贖罪？

這字眼聽在雷禮耳裡格外諷刺，更讓他怒不可遏。或許他是在贖罪吧，但他的贖罪全是為了他死去的前妻一家人，以及那未出世的女孩。

他的贖罪可不是用在羅倫斯那性侵了不知道幾名女孩的私生子上！

打從一開始，雷禮就沒後悔開槍過。

咬緊牙關不讓這些話說出口，雷禮覺得時間過得漫長，這彷彿是一場永無止境的會面，隨著時間的流逝，他的心境越無法平靜，羅倫斯所挾帶來的羞辱只會把他拖入更加憤怒的泥淖內。

「以雷禮先生的精神狀態來看，他也不可能出去，他在晨霧之家裡生根了，只能死死抓牢這裡了，直到枯死。」在沉默之中，莫洛開口。

「別擔心，我們會看管好他，他會繼續活得像不曾存在過一樣，您不會再受到任何打擾。」老神父說。

雷禮掃視了所有人一眼。

——看看這些人的醜樣吶！

最後，雷禮的視線落到了羅倫斯臉上。

「再見了，雷禮，希望你正在享受你的贖罪，這會是我們最後一次見面。」羅倫斯對著他說。

雷禮不知道自己是如何回到伊凡的病房內，憤怒淹沒了他所有的思緒。

青年坐在他那張舒適的沙發上，翻著書的手在雷禮走進房間的那剎那停了下來，他蔚藍的雙眸注視著雷禮，彷彿等待他已久。

雷禮雙拳緊緊握著，他的視線放在桌面上方下到一半的棋……

伊凡再差幾步就能贏他，但他總是不急，他要等到雷禮完全走投無路，才願意真正地下那最後一步棋。

說來諷刺，但他想，剛才的會面大概是同樣的道理，羅倫斯在下對他的「最後一步棋」。

——他們都想把他逼進死胡同裡。

「雷禮。」伊凡輕輕地喊他。「一切都還好嗎？」

伊凡的詢問裡不帶關切，而是一種淡淡的好奇，那種平穩的語氣潰堤了雷禮忍耐已久的所有情緒，在伊凡面前他被允許如此。

「閉嘴！你明明知道發生了什麼事！」雷禮掀翻了那盤礙眼的棋盤，他沒有贏過伊凡任何一場棋局，他把怒氣全發洩在那上頭。

「我一定要……」雷禮咬著下唇，他的手指抓著髮梢，焦躁不安地踱步。「我必須要……」

伊凡沒有說話，他雙手搭著書本，耐心地等待雷禮把話說完。

直到這時，雷禮才大口大口地呼吸起來，彷彿溺斃之際剛被人從海裡撈出來一樣，他惴惴不安地將臉埋進手掌內。

「冷靜下來，呼吸。」伊凡起身，他走到雷禮身邊，手指輕輕搭上雷禮的肩膀。

那股消毒肥皂的氣味傳上來，雷禮深呼吸著，冰冷的空氣稍稍緩解了他肺部和胃部那股翻騰的熱度。

「我想要殺了他……」但雷禮再度答話時依舊是咬牙切齒，他透過指縫間的空隙看著地板。

接著雷禮抬頭，他直視著伊凡，再度重申：「我想要殺了他。」

雷禮直直地望進伊凡眼裡，並等待著他的回應。他內心隱約期待著，期待著伊凡會見獵心喜地同意他的說法，鼓吹並支持他此刻的殺意，用他最擅長的手法。

雷禮希望伊凡表現得就像他病歷上的那些形容一樣，善於操縱和教唆，渴望將所有人引向毀滅一路——這樣能讓他認清楚現在只是和某個瘋子待在一室，能讓他冷靜下來……

因為他知道伊凡接下來的話，他都不該聽。

然而伊凡只是微笑著彎下腰，捧住雷禮的臉，接下來的話，更讓雷禮覺得自己像在手術台上接受剖析。

「我知道，這一直以來都是你想要的，也是你真正想離開這裡的目的。」伊凡說。

那一刻，雷禮隱藏在他胃裡的那些連他自己都看不清楚的祕密，被伊凡赤裸裸地剖了開來。

雷禮敏感地吸了口氣，他抓住伊凡的手腕，但卻不清楚自己究竟是想拉開對方的手，還想要抓得更緊一些。他頭暈目眩，地板在塌陷，像一潭黑泥，整個人都要被往下拉進去了。

「不是為了什麼洗清罪嫌，為了讓大眾發現事實，或為了保護小鳥和泰勒……從一開始，你就只是想要殺了他。」

現在，伊凡還伸手從他腹部裡血淋淋地拉出了他肚裡的祕密。

伊凡的藍眼睛閃爍著某種光芒，那些祕密在伊凡眼裡彷彿珍寶一般，但雷禮向來捉摸不清那些祕密的真實模樣，似乎只有伊凡看得見。

但問題是，當伊凡轉述真相給他時，伊凡有沒有說謊？

「不……我也想要保護他們，你說謊……」冷汗從雷禮的額際冒出。

不要上當了，伊凡一定有什麼盤算才會說這些。

「不，你說謊。」伊凡說。「如果讓你自己出去了，你或許有機會殺掉他，但你還能再回來拯救我們嗎？這我們討論過了。」

不要上當了！

「我真的想保護他們……」羞恥感隨著血液湧上雷禮的臉頰，也隨著淚水和汗泌出他的眼眶及額際，他們腳下的黑泥開始往上，逐步掩沒他們兩人。

伊凡在騙人。雷禮告訴自己。

「不需要覺得羞恥，雷禮。」直到這時，伊凡才說出雷禮預期他應該要說的話。「如果這是你想要的，我會幫你。」

只是雷禮已經不確定自己是不是這麼想聽到這段話了。

「我不是這麼自私的人……」淚水掉了出來，雷禮搖頭，他依然否認。

「雷禮，雷禮。」伊凡連喊了兩次雷裡的名字，彷彿要安慰他似的。他那雙眼透出一股喜悅的光芒，真摯得讓雷禮腦袋一陣發熱。「自私沒有關係，你不知道這樣的你也很美。」

「我是個……好人……正常人。」

雷禮止不住淚水，伊凡的手掌是暖的，他依舊辯解，彷彿這樣宣誓就能讓他與晨霧之家裡的這些人區隔開來。「我並不……我……」

雷禮偷看了伊凡的檔案，悄悄地瞥見了伊凡的祕密，他一直以為自己有這項優勢，能看清楚伊凡這個人，不為他所誘騙；然而直至現在雷禮才忽然意識到，在他瞥見伊凡祕密的同時，是否伊凡也瞥見了他的祕密。

伊凡真的在說謊嗎？

——或是他說的只是實話？

雷禮聽見伊凡發出一種近乎滿足的輕嘆時，他幻想中的黑泥淹沒了他們兩人。

「沒關係的，雷禮，我會幫你。」伊凡向雷禮保證，他的雙手撫過雷禮背後的蝴蝶骨，像在撫摸他的翅膀一樣。

雷禮醒來得很早，因為他做了個惡夢，他夢到小鳥站在白色的籠子裡唱歌，而外頭有人正在破壞籠子，小鳥看起來非常害怕。

於是夢中的他握緊了手中的刀子，快步朝對方走去，但一路上，他心裡想著的卻不是解救小鳥，也不是什麼狗屁正義，只是因為他想殺了破壞籠子的人。

這也是為什麼他醒來時，拳頭正緊緊握著。

雷禮轉頭，伊凡並不在病房內。

雷禮起身，他渾身赤裸，自己什麼時候脫下衣服的他並不記得，或許是伊凡昨晚幫他脫下的。但伊凡昨天晚上並沒有碰他，彷彿要讓他養足精神似的，他讓雷禮好好睡了一覺，雖然在噩夢中渡過，但已經是少數幾個他足以深眠的夜晚。

今早的空氣聞上去十分潮濕，風從裝著鐵欄杆的小窗子外吹了進來，把桌上的報紙吹亂了。

雷禮盯著被吹到腳邊的報紙，上頭寫著有場暴風雨要在今晚來襲。

雞皮疙瘩細細地爬滿了雷禮的肌膚，他出神地站在冷風之中，下意識地尋找著伊凡的身影。

羅倫斯來探訪的事，還有昨晚和伊凡的那些對話都像是一場夢一樣，對他來說又近又遠，一點真實感也沒有。

一陣風又括起，這次挾帶了一些細小的雨霧。

「你醒了？」伊凡這時才從外頭走進來，他手上拿著一把鉗子，衣服上沾著灰塵。「睡得好嗎？」

雷禮動也不動地看著伊凡。「你去哪了？」

伊凡帶著微笑，他脫下沾滿灰塵的病服，換上乾淨的一件。「穿上你的衣服，今晚有場暴風雨，我不希望你因為感冒而錯過一切。」

「你做了什麼？」雷禮又問。

伊凡寵溺地環抱上雷禮赤裸的軀體，並且親吻他，而後才低聲道：「今晚有個機會，晨霧之家裡的人都會忙得沒時間理你，你必須趁機離開。」

雷禮拉開伊凡，他一臉困惑，好像這一切不是真實的一樣。

「你都弄清楚整個晨霧之家的路線了，對不對？我知道你從莫洛那裡偷了些東西，你應該已經掌握了一些訊息……我們在北方，如果開車沿著樹林一路向南開，花個一天時間就可以接近郊區。」伊凡繼續說著，他雙手放在雷禮肩上，像握著寶物一樣。

「今晚？你確定？」

「是的，我說過我會幫你。」伊凡放下雙手。「今晚會是最好的機會，你將得到你想要的自由。」

雷禮盯著伊凡，他擰起眉頭，有句話他沒問出口——你呢？

如果他能得到自由，那應該和伊凡交換的代價是什麼？伊凡會得到他想要的嗎？他想要的又是什麼？雷禮的思緒雜亂，直到伊凡伸手拍了拍他的臉。

「但記住最重要的事……」伊凡的聲音在雷禮耳際迴盪著，緊緊繫著他的心臟。「你救不了所有人，你只能救你自己，所以不要有任何猶豫。」

不知道是哪邊的電路出了問題，從一大早開始，整棟晨霧之家就沒有任何電力供應，原本就不明亮的病房及大廳，這下更顯得陰暗凝重。

護士們交頭接耳地詢問著發生了什麼事，晏西神父也氣得暴跳如雷，每個人都在問這種事怎麼會在暴風雨這天發生，因為無法撥出電話，他們還不得不調派一些人在暴風雨前進入市區內，暴風雨過後再帶著水電師傅等修繕人員回來。

只有雷禮明白這些情況可能是誰造成的。

暴風雨還未來襲，病院外已經因為風聲呼嘯而發出巨大聲響，為了防範暴風雨夜的來襲，病院還調派了人手修繕外牆，一整天敲敲打打的，別說是精神病患了，連一般正常人都會因為那些噪音而發狂。

因此，晨霧之家內的病患們從一早就顯得相當的不安分，再加上從下午開始，伊凡就待在大廳裡，花了很多時間在和他們說話。

伊凡總是這樣，他會花時間和病患們說話，像是愜意的聊天一樣，在他們耳邊低語，而聆聽的人總是一臉凝重地聽著。

——他們看起來彷彿在聆聽惡魔呢喃。

雷禮並沒有去質疑伊凡，因為他知道對方正在按自己的方式幫他。

這些病患們往往在聽完伊凡的話後，接著會表現出極度的焦躁與不安，甚至是失控，就和上回他對小鳥做的事情一樣，而伊凡總會在旁邊觀察著，他喜歡觀察。

雷禮不知道伊凡究竟都在他們耳邊說了些什麼，但這些病患接下來將會花費一整天的時間讓整個晨霧之家充滿著叫聲和哭聲，而修女們和醫護人員則需要拉出人力來「安置」他們，將他們一一帶往晏西神父或莫洛的辦公室，最後再將奄奄一息的他們拖出來。

這些情況讓晨霧之家的人力一下子吃緊許多，守門的人力鬆散不少，而深夜當他們留下最少的人力看管病人時，他將有機會安靜地循著隱密的西側門離開。

——一切就如同伊凡所告訴他的一樣。

雷禮只需要像個局外人一樣坐在角落，任由伊凡利用病患們幫助他，而他只需要保持安靜，守株待兔，確保沒有人會在這樣一個雨夜裡注意到他，在意到他；只要繼續維持這樣的狀況，今晚他將有機會一個人離開這一切，去做他應該做的事……

雷禮平靜地巡視過眼前的一切，在病人群裡他看不到泰勒，也看不到小鳥，他們會去哪裡了呢？小鳥有沒有好好躲起來，照他所教她的那樣？

雷禮的視線最後放在伊凡臉上，他們隔得遠遠的，但他依舊可以感覺到伊凡也正注視著他，天藍的眼珠閃爍著光芒，看的他的模樣像在欣賞一件藝術品。

伊凡究竟要的是什麼？他堅持著要幫助他離開，卻從沒堅持他必須也要帶著他一同離開，就好像……伊凡只是想觀察他接下來會怎麼做一樣。

自私的你也很美——伊凡說過這樣令人費解的話。

看他丟下他們所有人離開，這就是他想要的嗎？這對伊凡來說一點實益也沒有，但或許達成了他心中所謂的「美」，雷禮無法去評斷，因為或許伊凡就是個徹徹底底的神經病。

雷禮深呼吸了口氣，最後他選擇閉上眼，不再直視眼前這一切。

他只希望小鳥和泰勒不是被抓住，而是躲起來了，一輩子。

雨勢和風勢在夜晚急遽加大。

病人們被趕回病房內，修女及護士們則是早早就回房休息，她們必須掩好窗戶及門窗，才能阻絕掉外頭巨大的雨聲以及病人們的哭喊聲。

整棟晨霧之家內陷入黑暗，只有點點火光支撐著。

一切都如伊凡所計畫的那樣。

病房內，雷禮和伊凡對坐著，就像往常一樣，他們正下著棋，而這場棋看來將會是勢均力敵，沒輸沒贏，直到雷禮漸漸敗下陣來為止。

伊凡總是有辦法贏得他所想要的勝利。

「雷禮。」但伊凡今天似乎不打算把這盤棋下完。

雷禮當然也不打算下完。

他們雙方停手，伊凡雙手交疊，輕鬆優雅地窩在他的沙發之內。「這個時間警衛們都會窩在他們的房間裡，守夜的人八成也在打嗑睡，是最好的時機，你該離開了。」

「我知道。」雷禮看著伊凡起身，伸手攬住他，嘴唇壓了上來。

年輕男人的氣息來得又快又猛，他之前十分厭惡他給予的親吻，但他現在卻無法給予這個吻任何評價。

「道別吻？」雷禮挑眉，反正他無所謂了。

「誰知道呢？或許是獎勵吻。」伊凡拉起雷禮，他的手指緊緊纏在他的手上，彷彿一輩子都不會再放開一樣。

伊凡拉著雷禮小心翼翼地出了病房，他不知道去哪弄來了手電筒，他們一路在黑暗中穿越過走廊和病房，伊凡拉著他，神情愉悅，就好像他們只是準備要出外郊遊一樣。

風雨聲和病人的嚎啕聲，以及這看似永無止境的黑暗為他們帶來了很好的偽裝，伊凡和雷禮幾乎不費吹灰之力就來到了警衛辦公室附近。

「小聲點，這時間警衛們都在休息室裡。」伊凡將手指抵在嘴唇上。

警衛的休息室就設在辦公室旁邊不遠，雷禮隨著伊凡壓低身體，遠遠就能看見休息室裡面有燭影搖曳著。

「他們還沒睡上。」雷禮繃著臉，他記得今天當班的是那個八字鬍。

「他們這個時間總是醒著。」伊凡一臉不以為意，雷禮不知道為什麼對方會強調「總是」這兩個字。

他看著休息室的那扇門，毛玻璃後方的光影晃動，雨聲和風聲更大了些，間或夾雜了細微的尖叫聲——是錯覺嗎？

雷禮忽然繃緊了神經，如果那不是錯覺，他可能知道是誰的尖叫聲。

然而在雷禮有所反應前，伊凡將他拉進了警衛的辦公室內，熟門熟路地找到警衛的衣櫃。

這次他並沒有說謊，當他們打開警衛的衣櫃時，裡頭確實有他們所想要的一切東西，包括一串鑰匙和警衛制服。

伊凡把制服拉下，遞給雷禮。「換上它，如果你出去後被任何人攔下，穿上這個會比穿著病人服還要有說服力。」

雷禮抓著那身制服，隨後又從伊凡手中接過那串鑰匙。

「西側門的鑰匙、車的鑰匙，你知道他們都把車停在哪裡。」伊凡提醒著，一一點出一串鑰匙裡面最重要的那兩把。

「西側門會有人守著，今天是皮傑那班醫護人員，也可能有警衛。」雷禮沉聲。今晚很特別，人力被調派出去了不少，但似乎跟他有過節的那些人都還在病院裡當班。

「不需要擔心，記得嗎？這種時間警衛總是都窩在他們的房裡，至於醫護人員，有幾個下午就被調出去了，只有皮傑一個人會留下在，總是他留下來撿輕鬆的活做，並且分享那些小祕密，他們向來如此……」

小祕密——伊凡的話讓雷禮瞪大了眼，隨著細微的尖叫聲，他緊緊握起拳頭。

某些時候的晚上，確實如此，八字鬍會和皮傑兩人一起守夜，在無人知曉的狀態下，在房間裡聽小鳥唱歌，一個人聽完又換另一個人。

雷禮的耳朵嗡嗡作響，心跳加速。女孩被抓到了嗎？他瞪大了雙眼。

「不要分心，我說過會幫你，所以我會跟著你，幫你引開皮傑，直到你離開。」伊凡伸手扳正雷禮的臉，雷禮可以感覺到下顎那股強硬的力道。

雷禮盯著伊凡開開闔闔的嘴唇，他沒有在專心，他的注意力全都被那若有似無的尖叫聲吸引了。

女孩受不了再次折磨的——

「別毀了你自己的機會……」而伊凡仍在說著。

雷禮緊繃著臉，就在他要開口說些什麼的時候，門被大力地推開來。

雷禮和伊凡迅速地瞥了眼辦公室門口，並不是他們的門被打開了。伊凡拉著雷禮蹲下，外頭走廊上則傳來窸窸窣窣的皮帶摩擦聲。

「皮傑！」男人在走廊遠遠的一端就在喊著，「快點過來看看！」

男人走過走廊，沿途往西側門走去，絲毫沒有發現辦公室裡的動靜。

雷禮和伊凡蹲坐在地上，伊凡食指抵著嘴唇，示意雷禮別出聲，並且等待著。

他看起來依舊愜意而且自在，當他看到雷禮動也不動地盯著他瞧時，他甚至還有心情伸出手捧住他的臉親吻。

對他來說這一切彷彿是場遊戲。

而雷禮只是將整副心神都放在了走廊外頭。

「……看上去弄太多藥了，我們的女孩大概不行了。」男人的聲音又折返，這次伴隨著其他腳步聲，另外一個男人跟在旁邊。

「去你媽的，上次不是都差點死了！你還用藥？」

「她掙扎得太厲害了，我不得不用。」男人聽起來一點都不在乎。「你最好把握機會，我們的女孩大概撐不了多久，你沒有姦屍的興趣吧？」

「操！下次也許可以改找男孩，像莫洛的那個……」

他們的聲音漸行漸遠，直到休息室的門被掩上，手電筒的燈也熄滅為止。

雷禮的拳頭緊握，怒氣讓他的牙關緊咬著，渾身的肌肉緊繃。

「哈！那到好，現在也不用幫你把人引開了。」伊凡輕哼了聲，「這讓事情變得簡單多了……」

「小鳥在裡面對不對？他們抓到小鳥了。」雷禮打斷伊凡，他緊緊抓住伊凡的手。伊凡聳聳肩，不以為然地對著雷禮微笑，並將手電筒塞進了他手中。

「雷禮，換上衣服，現在就出去，這是你最好的機會，他們甚至不會發現你逃跑了。」

在雷禮發聲之前，伊凡一手壓住了他的後頸。

「記得我都跟你說了些什麼嗎？你救不了所有人，所以不要猶豫，你必須離開。」

雷禮撐著身體沒讓伊凡往下拉，他並不想讓他親吻。

——所以這就是伊凡想要的嗎？

與其獲得自由，逼迫他帶他一起離開，他寧願看他自私地丟下他們離開，展現他最醜陋的一面。

伊凡曾經說過這樣的他也很美，就像他總是對著他發瘋的母親說她有多美麗一樣。

那究竟是多麼病態的一種迷戀？伊凡點出他們的醜陋面，並且扭曲地愛戀著他們的醜陋面，而或許這就是他所渴望的精神食糧。

「我不行……」

雷禮拉開伊凡的手，走廊黑暗無光，他只需要出了辦公室後右轉，沿著通道一路前進，就能開了西側門然後獨自離開，他將遠離這一切，再也不用見到伊凡。

而在他離開後，而伊凡將留在晨霧之家，留在這個用來關住他的大籠子內，反覆地注視著一切，注視著那些被虐待的人們，注視著因為他的自私而受苦的小鳥和泰勒……

然而這真的是他們兩個都想要的嗎？

「你果然還是猶豫了。」

倏地，伊凡細不可微的嘆息聲傳入了雷禮耳中。那不是失望的嘆息，而是充滿期待及滿足的嘆息，這讓雷禮的思緒忽然變得清晰起來。

伊凡曾經不斷地告訴過他，還有其他的方法可以解決這一切。

在雷禮意識過來那個所謂的解決方法是什麼時，下一瞬間，他已經將制服和鑰匙丟在桌上，並開始瘋狂地拉開辦公室內的所有抽屜，摸索著他所想要的東西。

獵人設好了陷阱。

「雷禮……沒有第二次機會了。」伊凡發出輕笑。

而他卻在陷阱裡繞了一圈才發現自己早就被困住了。

雷禮沒有停止尋找的動作，直到伊凡制止了他，並且像是知道他需要什麼東西一樣，他熟門熟路地摸索著桌面之下，從裡頭拿出了一把水果刀，並將水果刀交給雷禮。

一切都像是早就計畫好了一樣，只是等待信號而已。

「你曾經說過有其他方法……而我知道那個方法。」雷禮拿著水果刀，他看向伊凡。

「是的。」伊凡點頭微笑。

雷禮握緊水果刀，頭也沒回地快步離開。

第九章

只有一個方法，可以救小烏和泰勒。雷禮心知肚明，他曾經考慮過道德性的問題，而遲遲不去面對這個做法，但他現在卻只擔心一切都太遲了而已。

風聲和雨聲在外頭轟然作響，讓雷禮順利地進入了警衛的休息室而不被任何人注意到。

床上的女孩奄奄一息地躺著，而八字鬍和皮傑正在爭論著要怎麼處理女孩，他們討論著或許要在女孩斷氣後偷偷送她回房間，假裝好像是她忽然猝死般。而皮傑卻還有興致解起皮帶，他嘻笑著說他要物盡其用，怎麼能讓八字鬍一人開心？

這些話尖銳地鑽入了雷禮的耳內，而燭光下，唯一注意到雷禮的，就是躺在床上的女孩。

雷禮曾告訴過女孩要躲起來，但她卻還是被抓到了……

畢竟在這個地方，她能躲去哪裡？

他們最後總是會抓到她。

女孩像用盡了全身力氣張開大眼看他，她張了張嘴，彷彿想要開口說話，但雷禮卻將食指擺上了嘴唇。

下一秒，雷禮沒有猶豫，他衝上前，伸手環抱住八字鬍的頸子，將水果刀送入對方的頸側。

八字鬍瞪大了眼，他迅速地站起身，但還沒來得及掙扎，雷禮就把水果刀拔了出來，鮮血濺到他的臉上。

八字鬍摀住頸子跌坐在地板上，他無法發出任何聲音，皮傑則是被眼前的場景嚇得跳起來。

「你以為你在做什……」

雷禮不讓他把話說完，他抓著手上那隻濕滑的水果刀又衝上去。

皮傑為了防衛而用肩膀衝撞雷禮，雷禮順利地將水果刀插到了皮傑的肩膀上，但人卻被撞到了牆上。

「我的老天……」皮傑慌張地看著肩上的水果刀，插得太深了，他無法立刻拔出來。

而這時雷禮站了起來，他面無表情地再度走向皮傑。

皮傑慌了，他出拳揍對方，但被雷禮閃過，雷禮猛烈地撞上他，將他撞倒，並且用膝蓋死死壓住他。

那個平常跟在伊凡身邊，像個寵物一樣癡傻地被豢養著的傢伙，現在卻像個駭人的狩獵者，視線冷酷而憤怒地注視著他。

他打算致他於死。當皮傑意識到這點時，雷禮早已經一手抓住他後腦勺上的頭髮，並且用力撞向地面。

起先，皮傑還試圖抵抗，但雷禮加重了力道，第二下及第三下之後他停止了掙扎，但雷禮依舊沒有停下手上的動作。

一直到連地板都濕滑地遍布了鮮血，而他身下的人完全不再有一絲動作，整個人像癱軟泥一樣動也不動為止，雷禮才緩緩停下動作。

雷禮的呼吸因此而急促著，他放開手上濕漉漉的腦袋，試圖緩過氣來，但注意力接著被身後的聲音吸引住了。

雷禮轉過頭，八字鬍正搖搖晃晃地起身往床頭櫃走去，無論他怎麼死命壓住，鮮血依舊不斷從他手指間溢出，但他仍伸手企圖去抓他放在床頭櫃上的手槍。

在雷禮能反應過來之前，伊凡從他身邊竄出來，他拔下皮傑肩膀上的刀，快步朝八字鬍走去。

正當八字鬍勉強地翻過身體，準備要對雷禮扣扳機前，伊凡已經走向他，將水果刀筆直地插入他的胸腔內。

八字鬍的表情又驚恐又緊張，在伊凡抽開水果刀後，鮮血溢滿了他的胸膛及口腔，連掙扎的機會都沒有，他立刻倒地，再也沒辦法爬起來。

伊凡丟下水果刀後，嫌惡地用病人服抹了抹滿手的鮮血，然而當他轉頭與雷禮對視時，臉上那抹笑容是如此的溫和愉快。

雷禮試著平緩呼吸，緩緩挪動步伐，小心翼翼地坐回床上，小鳥就躺在他身邊。女孩張大的雙眼裡都是水光，睫毛上沾滿了淚液，但她看起來一點都不悲傷。

雷禮試著將她臉上垂落的瀏海撥到耳後，這個動作卻讓血跡沾上了她的臉頰。他感到抱歉地對她笑了笑，可是她絲毫沒有反應。

雷禮垂下眼眸，克制不住泌出眼眶的淚水，他用手掌遮著嘴，緩緩地才又望向同樣滿身是血的伊凡。室內昏暗的燭光將對方那頭美麗的金髮和藍眼眸映照得異常美妙，他看起來像個俊美的天使。

「他們明明知道她的身體承受不了那些藥物……我來得太遲了。」

「喔，雷禮……」伊凡走上前，輕輕擁住渾身是血的男人。「別自責，我們都知道，無論如何小鳥都不可能繼續撐下去，這只是時間早晚的問題……」

「但是……」雷禮緊緊抓住了伊凡，對方身上的氣味讓他冷靜下來。

「你已經盡力了，至少他們現在沒辦法再抓到她了，不是嗎？」伊凡捧住雷禮的臉，用拇指親暱地磨蹭對方的髮鬢。

雷禮沒說話，他靜靜地看著伊凡，伊凡凝視著他的眼神和小鳥凝視著他的眼神很相似，那讓他不禁懷疑他們究竟在他身上看到了什麼相同的東西，但他並不介意，他就這樣任他們看著，心情從來沒有如此平靜卻又同時悲傷著。

「你不知道自己做的事情有多美。」伊凡輕嘆，語氣滿足得不得了。

雷禮看著這樣的伊凡，他輕輕推開對方的手。「還沒結束……」

雷禮轉身拉過被單替小鳥裹上，溫柔地將她抱在懷裡，並親吻她的額頭。如果露西肚子裡的女孩能夠出世，他或許也有機會這麼吻她吧？

「我給了你，你所想要的。」雷禮對著伊凡說，並且交出了手上的小鳥。「所以你必須幫我顧著她。」

「當然。」伊凡欣然點頭，在接過小鳥時，他趁隙親吻了雷禮，雷禮聽見他發出了愉快的哼鳴聲。「你幾乎給了我一切，那真的很好，雷禮，很好。」

雷禮的肌膚起了一陣陣的雞皮疙瘩，但他壓下那股翻騰的感受，他走向八字鬍的屍體，並拾起他手裡的槍。

「即使太遲了，你還是想救所有人，是不是？」伊凡深深地吸了口氣，他的笑容沒有停過。

雷禮的腹部因為對方的笑容泛起了一陣顫慄，就像毒癮犯了似的。伊凡那發了瘋的母親，是否也曾經因為獵人的笑容而受到蠱惑了呢？

「對。」雷禮壓掉眼中的水氣，他將手槍放到身後。

「那麼我會幫你。」伊凡的臉上堆滿了寵溺。

雷禮不確定對方想怎麼幫他，但他知道伊凡一定有自己的方法，於是他離開前只對伊凡留下了句：「等我。」

雷禮拖著滅火器快步走著，他腳下變得黏膩乾涸，血跡已經乾掉了。

第二間，他選擇闖入了老晏西神父的房間。

當他用滅火器敲爛老神父的房門鎖，並且踹門進去時，老神父似乎才剛從夢中驚醒，他從被窩裡轉過身，不明究理地看向在雨夜中闖入他房間的來客。

雷禮環視了老神父的房間一眼，從隱約的光線中，可以看見他的床上方擺著耶穌受難像。

所以，耶穌就是這麼看著他對他的病人們做出那些酷刑嗎？就如同老晏西看著自己手下的人侵犯及凌虐幼小的孩子，卻都放手不管一樣。

——多麼美麗的隱喻。

雷禮的腦海裡響起了伊凡的聲音，那比雷聲、風雨聲，老神父窘迫的呼吸聲都還大，但伊凡明明沒跟來。

「誰……是誰闖進來！」老晏西的叫聲引回了雷禮的注意力。

「來人！警……」神父慌忙地要從床上爬下來喊人，但雷禮沒有給他機會，他快步走向老神父，並且舉起手上的滅火器，狠狠敲到了老神父的頭上。

老神父咚一聲掛倒在床邊，血汩汩地從他的腦後方流出。

雷禮將他拖回來放到床上，老神父發出了微弱的呼吸聲，他伸出雙手掙扎，孱弱地拍打在雷禮身上，但雷禮看上去一點也不在意。

他跨坐在老神父身上，放在身後的手槍緊緊抵著他的背，但他還不打算使用它。

雷禮伸手勾住了床單，並且俐落地繞到老神父的頸子上，他用兩手緊緊勾住床單，用旋轉的方式絞上手臂並向兩側拉緊。

老神父的身體一下子繃緊了，他掙扎得更厲害。

雷禮抿著嘴唇，他將床單拉得更緊。

——這太美了。

雷禮又聽到伊凡的聲音，這次他還若有似無地感覺到伊凡就靠在他的背後，親暱地擁著他。

雞皮疙瘩爬上了雷禮的頸子及手臂，手上的被單濡濕，有種美妙的喀喀聲響在黑暗中發出。

最後，老神父不再動彈，雷禮背後的伊凡也才離去。

雷禮鬆開手，他深深地吸了口氣，鐵鏽味在空氣中瀰漫開來，床單濕漉漉地浸淫了老神父身上所有汙穢的液體。

雷禮抬頭看了眼床上的耶穌像，耶穌像則垂憐似地凝視著他，依舊什麼都沒做。

將垂下來的髮絡撥到耳際，雷禮俐落地翻下床離去。

——還有一個。

雷禮握了握手掌，掌心黏膩得讓他想洗個手。

闖入莫洛的房間並不困難，依樣畫葫蘆就好，他也不介意弄出更大的噪音。莫洛的辦公室、醫護室和房間是相連的，老晏西給了他很大的私人空間，讓他可以對病人做出任何他想做的實驗，因此這附近的隔音特別好，不靠近根本聽不到病人的叫聲。

雷禮很清楚，因為他自己領教過這點，而這點也為他帶來了某些便利性。

雷禮進到莫洛的辦公室後，並沒有發現任何人的蹤影，因此他立刻轉向莫洛的房間。他從沒進過莫洛的房間，但他親眼看著泰勒被帶進去過。被莫洛叫進房間之前，泰勒總是一臉驚恐，他的視線常常會飄向他，向他求救，但那些時候，雷禮什麼都做不了，因為他必須假裝他傻得不再在乎這一切。

現在不同了，他不用再裝瘋，也在乎這一切。

雷禮從背後掏出手槍上膛，他很久沒使用手槍了，但有些東西一旦你學會過，就很難遺忘。

當他開門的時候，室內一片靜悄悄，燭光亮著，但床上並沒有人。然而就在床旁的地上，少年蜷縮著身體倒在陰影之下，身邊散布著各種不堪的器具。他的眼睛被布矇著，以前胸貼在大腿上的方式被用粗麻繩綑綁成了奇怪的姿勢，只能匍匐在地毯上。

當雷禮接近時，聽見木地板發出吱呀聲響的少年發出了嗚咽聲。

「拜託別打我……我受不了了，求求你放開我……」少年幾乎是痛哭失聲。

雷禮低垂雙眸注視著對方，沒有出聲，他走向那蜷伏在地上的泰勒，將少年抱起來放到床上，並替他解開了幾處繩結。他並沒有完全解開那些繩結，卻至少讓他能用舒服點的姿勢躺著。

泰勒的身體緊繃而且僵硬，皮膚上充滿紅腫的鞭痕和被抽打過的痕跡。

「是誰？你……是誰？」似乎注意到了他並不是莫洛，泰勒囁嚅著出聲詢問。

雷禮沒有應話，因為莫洛正從浴室走出來。

逞過獸行的男人把自己打理得乾乾淨淨，一點危機意識也沒有，他擦著濕漉漉的頭髮赤裸地站在浴室門口。足足花了幾秒的時間，他才發現房間裡多出了一個人。

「誰在那裡！」莫洛渾身一聳，他憤怒地低吼道，卻很快地被眼前的景象給震懾住。

雷禮站在燭光之中，他滿身病人服上都是血腥，但看起來都不像是他自己的血。他的表情看上去鎮定且冷酷，眼神清醒地直視著他。

當莫洛企圖移動步伐，雷禮直接舉起了手上的槍對準他。

「你到底在做什麼？雷禮，放下槍……」莫洛驚懼地抬起手，顯然一時不能明瞭為什麼雷禮會出現在他房裡，手中還舉著槍。

「你不應該碰這男孩，一根汗毛都不應該碰。」雷禮的聲音平靜。

「你身上的血是怎麼回事？誰讓你來這裡的……是伊凡嗎？」這一刻，莫洛才發現沒有持續性地給雷禮治療和施藥是個錯誤，雷禮看上去太——正常了。「你做了什麼？」

「沒有任何人指使我來這裡，我只是做我該做的事。」雷禮說。

「不……是伊凡對不對？」莫洛高舉著雙手，他小心翼翼地試探著。「伊凡一定是對你說了什麼，他……」

雷禮手往下一挪，在莫洛把話說完前就開槍射中了他的腿。

莫洛的慘叫聲和泰勒的驚呼聲同時響起，莫洛倒在地上哀嚎著，不可置信地看著他被打傷的腿。

雷禮走近莫洛，槍管指向他的腦袋。

「停下！拜託你停下……」莫洛狼狽地拖著腿向後爬，直到身體抵住了牆壁，他驚懼地抬起手請求雷禮停止。

「我不會再讓你們有機會碰那男孩。」雷禮說。

「不……是伊凡教唆你這麼做的嗎？別被伊凡騙了，伊凡是個騙子，他總是喜歡這樣，誘惑人去做那些他們不該做的事情……喔！求求你住手！」當雷禮將槍管抵住莫洛的頭時，莫洛開始啜泣嚎哭。

「這不關伊凡的事。」雷禮沒有一絲的憐憫之意。

「雷禮……我知道，我現在看出來了，你是個正常人……你只是被伊凡利用了。」莫洛仍然企圖辯解著，用他醫生的那套說法。「伊凡才是個真正的瘋子，他最慣於用他那張漂亮的臉去誘騙別人，就像誘騙他的母親那樣，他只是喜歡……喜歡看人被逼到絕境，不得不終結別人……或自己生命的樣子。」

莫洛繼續說著，他哀求地看向雷禮。

「我不知道他跟你說了什麼，唆使你產生這樣的行為……但別上當了，他從來都不是為了你或別人好，他只是想滿足自己的慾望或自殺……你明白嗎？」

「他也和你說過這些嗎？也誘騙過你嗎？」雷禮詢問。

伊凡曾說過，莫洛是個令人失望的人。

伊凡也說過，自己的父親是個令人失望的人。而這兩個人在任何版本的故事裡，都沒有走入盡頭。

「是的……是的……但我沒有上當，我……」

「你只是折磨著這些人，以為這樣能取悅他嗎？但他卻從來都不滿意……」雷禮低喃。

「不、不，不是這樣的，我只是……」莫洛辯解著。

「或許你該換個方式讓他滿意，以及……我應該告訴你，這和伊凡沒有關係，這是我所選擇的路。」雷禮說，並在莫洛回話前扣下扳機，因為不論在哪個版本的故事裡，他都沒有退路了。

雷禮沒有處理莫洛的屍體，他所做的只有將泰勒身上的所有繩子解開，並且在將他帶離開房間後，才允許他拆下眼睛上的布。

當泰勒眼睛上的布被拆開時，他只是一臉茫然地盯著臉上濺著鮮血的雷禮。

「聽好，你必須回到你的病房去待著，不要出來，直到有警察來為止。」雷禮抬手，但在要搭上泰勒的肩膀前又放了下來，他想起自己手掌上都是血腥。他說：「如果有警察問你話，你就老實告訴他們發生了什麼事，說你很害怕，所以躲了起來。」

「你做了什麼？」好半天，泰勒才找回了自己的聲音，他緊張地抓住雷禮。

「現在要怎麼辦？你要去哪裡？」

「我不能跟你說這麼多……我必須離開了，回去房間！」雷禮拉掉泰勒的手，

他觀望四周後，逕自打算離去。

泰勒躊躇了一會兒後，卻窮追不捨地跟了上前。

「如果你要離開，求求你，請帶著我一起走！晏西神父發現後會很生氣的，我會……」

「不，他不會再生氣了。」雷禮淡淡地丟下這一句，他的步伐很快，就像是想甩掉泰勒一樣，他完全沒有回頭。

然而泰勒還是一路跟著他回到了西側出口，這個情況雷禮已經預料過了，少年緊張的模樣讓人於心不忍，但為了他好，他不可能帶著他上路。

「不，泰勒……回去！」雷禮駐足在走廊上，又警告了泰勒一次，接著他回頭，卻發現伊凡並沒有在原地等他，而走廊上不知何時出現了兩道濕漉漉的油漬，整條走廊都是煤油的味道。

雷禮擰起眉頭，他奔向警衛的休息室，伊凡正背對著他站在裡頭，一身沾了血的病人服被丟在旁邊，他自己則是換上了醫護人員乾淨的制服。

而在伊凡前方，八字鬍和皮傑的屍體被整齊地排列在一起，他們的肌膚上除了血水之外，還透著一股油亮。

滿屋子都是煤油的味道。

雷禮盯著被丟在旁邊的煤油罐，伊凡甚至連這種東西都計畫好了嗎？

「伊凡？」雷禮試探性地叫住對方。

「雷禮……你比我想像中的還要快結束。」伊凡轉過頭時聲音帶著驚喜，在注意到一旁跟著泰勒時，他只是是挑了挑眉，看起來並不太意外。

「小鳥呢？」雷禮問，「你做了什麼？」

「別擔心，小鳥已經在車裡了。」伊凡說，一邊將乾淨的警衛制服遞給雷禮。「快換上，我們該離開了。」

——「我們」嗎？雷禮默默地看著手中的制服，又看向伊凡。

「你殺了他們嗎？」泰勒看著眼前的屍體，驚懼地囁嚅出聲。

「你要帶上他？」伊凡並沒有回答泰勒的問題，他反問雷禮。

「不。」雷禮斬釘截鐵地回答，像下了決心似地看著伊凡。「要離開的只有我們，我們不可能帶上他。」

「為什麼？」泰勒困惑地看著雷禮，他的雙眼中逐漸聚滿水氣，語氣懇切。「我以為你要救我……但你現在為什麼丟下我？」

「把你留下就是要救你，待著……」雷禮在泰勒又要上前時伸手抵住了他，他的態度強硬。「相信我，我們還有其他的事必須要做，不能帶上你。」

「但我該怎麼辦？我不知道我接下來該怎麼辦！」泰勒哭了起來。

在雷禮開口前，伊凡站到了雷禮面前，他擋開他們之間的距離。

「你必須留著，而你將告訴警察，你看到一個警衛和醫護人員發瘋了，他們殺了幾個人……也許還殺了幾個病患，然後畏罪放火燒了病院，你要這麼告訴他們。」

伊凡告訴了泰勒一個不同版本的簡短故事，讓泰勒方便去說謊，雷禮看見泰勒站在伊凡面前，像個娃娃一樣，就這麼聽著。

「雷禮已經為你做了他所能做的，現在是回報的時候了……」伊凡對泰勒說著，那低沉的嗓音悅耳，他將手上的一串鑰匙交給對方。「還有，你動作最好快點，只要你晚了，就會有人被燒死。」

泰勒愣愣地抓著手上的鑰匙，那是病房的鑰匙。

「你想做什麼？伊凡！」

雷禮瞪大眼看著伊凡在他面前點燃火柴，並將那點點星火丟入屍體之間，火勢很快地在兩具屍體上燃燒起來。

「我正試著幫你。」伊凡在越燒越旺的火光裡望著雷禮，藍眼清澈卻毫無溫度。「雷禮，沒有後路了，我和你說過。」

雷禮緊緊地咬著牙根，他伸手推了把泰勒。「快離開，去把病人放出來！」

泰勒看了眼雷禮，最後他點點頭，抓著鑰匙往反方向奔跑離去。

暗夜裡的火勢很快地竄燒起來，病人的尖叫聲此起彼落。

襯著這樣的夜色，雷禮發動車子，全速踩下油門離開，當他們經過晨霧之家的大門門牌之下時，一切是這麼的不真實。

雷禮從後照鏡中望了眼燃燒著大火的病院，他祈禱著泰勒那邊一切順利。

「他們遲早會發現真相的。」雷禮對著身旁的伊凡說，「泰勒不一定會說謊。」

「沒有關係，一切都只是想為你多爭取點時間。」伊凡輕拍著懷中蜷縮於被單內的小鳥，對著他微笑。「在這之前，穿著你那身警衛制服，好好玩一玩吧？」

「是什麼讓你改變了計畫，決定要跟我一起離開？」雷禮專心地看著路面，他的嗓音聽起來疲憊不堪。「又或者該說從頭到尾你只有這個計畫？」

伊凡笑出聲來，沒有正面回答這個問題，他懷中的女孩體溫逐漸冰冷。注意到這點的雷禮伸手不停地將暖氣溫度調高。

「你是故意挑這個時間進行這一切計畫的。」雷禮又說，這是肯定句。

「是也不是，這正巧是最好的時機。」伊凡終於回答了，他的聲音又輕又柔。

「打從一開始，你根本不想讓我一個人離開。」雷禮說，當他伸手測探女孩的體溫及脈搏時，他的聲線帶上了哽咽，不過他很努力忍著。「你讓我撞見那些情況，讓我猶豫，讓我知道我最後還是無法丟下他們離開，這就是你的打算嗎？你一直在暗示我……一定還有其他的方法，而這就是其他的方法。」

「你這麼說不對，我並不能肯定你是不是會真的一個人離開，如果你離開了……」

「你會很失望。」雷禮接話。

「對，因為那不會是最美的結局……然而很幸運的，最後我沒有失望，反而得到了比我想像中還更美好、更美好的成果。」伊凡輕輕咬著下唇，他注視著雷禮的神情很熟悉，雷禮知道對方想吻他，但是忍了下來。「我不能丟下這麼美麗的成果，而你也確實還需要我，如果你希望完成接下來的事。」

這次雷禮不再說話，他專心開著車，直到伊凡發問：「作為交換，我可以問你一個問題嗎？」

「什麼？」

「為什麼拒絕了泰勒，卻願意帶上我和小鳥。」伊凡用手指撫過女孩發紫的嘴唇和逐漸僵硬的身軀，雷禮則是又伸手去調高暖氣的溫度，即便他知曉這無法讓女孩的體溫恢復。

「如果能被發現，被轉到正常的機構，他或許還有獲救的機會——」雷禮想了想，最後說：「我想我只是不能帶上還有希望，能被拯救的人。」

「我們是無法被拯救的人？包括我？」

「因為你不需要。」

伊凡因為雷禮的話而笑開來，他又問：「那麼接下來呢？我們這群無法被拯救的人該先去哪裡？」

「我們要先送她去醫院。」雷禮看了伊凡懷裡的小鳥，女孩看起來是如此的平靜與安詳。

她睡著了，雷禮相信她睡著了。

「我們只能送她去小醫院，可能要花上幾個小時。」伊凡說。而幾個小時後，他懷中的女孩將慢慢變得僵硬。

「我知道。」雷禮專心地看著路面。

這次伊凡沉默著，他並沒有反對，或許小醫院能替他們體面地為女孩下葬。

第十章

身為議員的女兒，桑妮認為自己有必要過濾掉一些交往的人士，尤其是在這種精神病患滿街跑的特殊時候。

最近的報紙和廣播都在大肆播送晨霧之家的火燒事件，發瘋的警衛及醫護人員殺害了主持的神父及醫師，並且放了火後逃跑，造成了病人的失蹤……

光是想像那些精神病患和殺人犯有可能同時在外面亂晃的模樣，就讓人毛骨悚然得難受。

誰知道這些有病的人會不會就這麼混在人群中蟄伏著，然後等待著誘捕他們的獵物呢？桑妮可不想成為獵物，她不會輕易上當，她自己這麼認為。

然而當那個年紀看上去和她差不多的金髮男人端著咖啡過來，詢問能不能和她同桌時，桑妮卻心軟了。男人長了一張真摯且漂亮的臉，雙眼藍得像大海一樣，聲音溫柔得令人難以拒絕。

這樣的人不可能是什麼精神病患或殺人犯吧？桑妮好笑地想著，於是她同意了男人的搭訕。

第一次他們同桌，男人就像位紳士，只是禮貌性地問候，自我介紹，桑妮知道了對方叫克雷格。

第二次那麼巧合地他們又再度同桌，男人依然像位紳士，但他表現出了對桑妮的好感，他分享了許多自己的事，比如他正在讀大學，用獎學金支付學費，是個鄉下來的窮苦大學生等等……

第三次他們同桌，桑妮確定了克雷格對自己一定有某種曖昧想法，不然怎麼可能像守株待兔似地天天到她常去的咖啡館堵她？

但桑妮不能否認，自己對克雷格也存在著某種好感，他們一聊就聊了幾個小時，非常投緣，彷彿是命中註定似的……因此桑妮也不知道自己是著了什麼迷，當克雷格提及自己有多想念家常菜而不是冷冰冰的外帶食物時，她連考慮都沒考慮，就邀請了他來家裡用晚餐。

桑妮的母親同意了，父親則是每晚都很晚才回家，她根本不需要詢問他，畢竟這只是個友好的晚餐，能出什麼亂子？

克雷格前來晚餐的那晚一切也很美好，母親非常喜愛彬彬有禮的克雷格，桑妮相信如果她的父親能見到對方，一定也會喜歡這個漂亮的金髮男人。

克雷格客氣地帶來了一瓶酒，雖然便宜，但心意足夠了，她們享用著他帶來的酒，與他天南地北地聊著，但他自己卻沒有喝上任何一口。

你應該也喝上一杯……桑妮這麼和對方說，但克雷格之後如何回答，她卻一點記憶也沒有。

羅倫斯太晚才知道晨霧之家出事的消息。

老晏西死了，連他身邊的莫洛也死了，沒人在第一時間跟他通報究竟出了什麼事，他現在所能知道的消息，全是由警察那邊得來的。

他們告訴他，有一位警衛和一位醫護人員可能是受不了病院的環境和壓力而發瘋了，他們屠殺了上頭的晏西和莫洛，可能也攻擊了一些病人。晨霧之家被燒個精光，幾位正常的病人還留在原地，一些不正常的都不知道跑哪裡去了，他們還沒能列出失蹤名單。

這一切有沒有可能跟雷禮有關？

羅倫斯無法克制地思考著，警方也沒有給他答案，究竟失蹤的病患裡有沒有雷禮，病患屍體的其中一具是他嗎？

羅倫斯現在唯一能知道的是，他的好友費雪的那個神經病兒子似乎也是失蹤的病患之一。

煩躁地嘆息，羅倫斯在下車返家前特別交代下屬要查清楚是怎麼回事，他需要知道第一手消息，並且從明天起加派保全的人手，包括他妻子和女兒身邊都一樣，他必須確保他們之間的安全。

不用想太多，雷禮沒這麼大本事。羅倫斯安慰自己，當他進了家門時，卻發現今晚家裡不尋常的黑漆一片。

羅倫斯不自覺地擰起了眉頭。通常當他回到家時，都已經是深夜了，所以妻子和女兒都睡下了並不奇怪，只是她們總會記得留盞燈給他，但這次卻沒有。

也許是忘了呢？

羅倫斯打開走廊的燈，小心翼翼地往樓上走去。

「親愛的？」羅倫斯呼喚他的妻子，但沒人回應。

「桑妮！」羅倫斯又喚了他女兒的名字，依舊沒人回應。

當他推門進入女兒的房間時，他女兒的房裡空蕩蕩的，並沒有任何人在。這讓羅倫斯緊張了，他一路跑回自己的房間，而當他進入房間時，卻見到他的妻子與女兒都好好地躺在他的床上，她們看上去像在熟睡，睡得十分安詳。

正當羅倫斯鬆懈下來時，卻有人開亮了房間角落的檯燈。

羅倫斯轉頭，那個漂亮的金髮青年就坐在沙發上，他張著一雙湛藍色的大眼，動也不動地望著他。

「你是誰……」羅倫斯覺得對方很面熟，他緩緩地挪動腳步，想要去拿放在床頭櫃的槍。

青年沒有說話，只是忽然對著他身後笑了起來，那笑容燦爛得像是看到了什麼美麗的事物一般，而下一秒，羅倫斯的後腦勺被硬物抵住，他聽到了扣起扳機的喀喀聲。

「跪下，雙手舉起來。」男人的聲音從羅倫斯身後傳來。

羅倫斯心裡一沉，他認得這個聲音。他順著對方的意思跪下並舉起雙手，他身後的男人則從陰影中邁出步伐，繞了一圈到他面前。

羅倫斯抬頭看著眼前的男人，男人一臉沉靜，他的眼神清醒，槍管直挺挺地抵著他的腦袋。

「他們說你和某個病人搞上了……就是他嗎？費雪的兒子。」羅倫斯忽然連接起來了一切，難怪他覺得金髮的年輕男人面熟。

雷禮沒有說話，他依舊盯著羅倫斯看。這一刻他等了很久，但真正到來時，卻又覺得快得不可思議。

「你還真是不擇手段……連這種事都能幹嗎？」羅倫斯又問，但雷禮卻不答話，這惹惱了他，他憤怒地質問他：「到底你還做了些什麼？你對我的妻子和女兒做了些什麼？」

「不要緊，她們沒有事，只是一點藥而已，她們明天早上會安然地醒來。」雷禮終於開口了，他的語氣裡沒有怒氣，也沒有恐懼，平靜得不能再平靜了。

「你到底想要什麼？」羅倫斯瞪向雷禮。「你想要威脅我說出真相，還你清白嗎？你想要這個嗎？」

「我曾經有這麼想過……」雷禮說，他將槍管往下移，抵到羅倫斯的嘴唇之上，隨後他搖了搖頭。「但我現在不需要了，因為不管怎麼證明，我失去的東西都不會回來了。」

無論是他的前妻、孩子們，或是小鳥……

「所以你要的是什麼？報仇？」羅倫斯忿忿地抬起頭，迎向雷禮的目光。「殺了我你失去的東西也不會回來，你還成了真正的殺人犯，你的前同事們會毫不留情地逮捕你，你……」

「我知道。」雷禮打斷了羅倫斯的話。「但我不在乎，如果在乎我就不會站在這裡了。」

「所以你打算……」當羅倫斯再次開口時，雷禮順勢將槍管塞進了他的口中。

「對，如同你所說的，只是很單純的報仇。」語畢，雷禮開槍，子彈穿過了羅倫斯的口腔與腦袋，濺到了牆壁上。

羅倫斯的身軀倒下，眼睛依然死死盯在雷禮身上，雷禮很快地又在對方腦門上補了一槍。

看著煙硝在槍管上冒煙，羅倫斯的身體倒在地上動也不動，雷禮達成了目的，卻發現自己沒有太多的情緒，彷彿只是做完了一件該做的事。

雷禮放下手，轉過身面對伊凡。

坐在沙發上的伊凡就像個觀眾，目不轉睛，充滿熱情，藍色的大眼裡溢滿水光，雷禮從沒看過伊凡出現這樣的表情，是如此的——如此的滿足。

達成自己的目的時，雷禮並沒有太多想法與反應，愉快、釋放或喜悅都沒有，但伊凡的神情卻讓他的肌膚上冒起了一陣陣的雞皮疙瘩。

雷禮知道自己讓伊凡得到滿足了。

「我們該離開了。」雷禮輕聲催促，但伊凡卻站起來，給了他一個擁抱，他任他抱著。

「這真的很美……你知道嗎？」

很美。雷禮的指尖因為伊凡的話語而輕輕顫抖起來，伊凡的手指在他背上畫著圈。「我很慶幸我沒有剪掉這對翅膀，它長得太漂亮了。」

雷禮輕輕嘆息。「我從來沒有弄懂過你到底在說些什麼，我們可以離開了嗎？」

「當然。」伊凡笑起來，他捧住雷禮的臉親吻他的嘴唇。「再一下就好，再讓我欣賞一下。」

雷禮曾經一度以為他們在離開晨霧之家那一晚的吻會是最後的道別吻，但看來那並不是。

靜靜地任伊凡吻著，雷禮瞄了眼手上的槍。

——瞧，裡頭還有兩顆子彈呢。

——幾天後。

市議員被闖入室內的暴徒槍殺了，他們盜走了他的一些財物，但並沒有殺害市議員的妻子及女兒，她們只是被下藥迷昏了。

市議員的女兒說有個金髮的男人曾經接近她，不排除是預謀犯案。

報紙上的頭條聳動，單純強盜、陰謀論、政治因素都有人在討論，瘋人院的屠殺事件已經被擠到了小小的角落去，而還沒有任何人將這兩件事情連結在一起。

伊凡的謊話奏效了，雖然遲早有一天會被發現，但那替他們爭取了很多時間。

雷禮看著報紙上金髮男人的肖像畫，年輕而乾淨，卻遠遠不及於本人的美麗。

「您的餐點。」女服務生將冒著蒸氣的鬆餅和培根以及咖啡端了上桌，雷禮抬頭向對方道了聲謝。

餐桌上的食物熱氣蒸騰，雷禮餓了，但他並沒有在第一時間動刀叉，他只是盯著外頭那輛車。

伊凡一個人在車裡等他，雷禮不讓他跟，原因只是因為他想自己一個人用餐。而伊凡卻也很配合，不吵不鬧，待在那輛悶死人的小車子裡。

某一瞬間，雷禮認真考慮著要從後門獨自溜走，他可以隨路攔車，請人帶他到伊凡找不著的地方，留下伊凡就這麼一輩子在外頭孤單地等下去。

伊凡會因此而慌張失措嗎？或像個孩子一樣大哭？

這些想法讓雷禮覺得愉快，他接著動起刀叉，將盤子上的食物一一切成整齊的分量，用叉子插了一口後放進嘴裡咀嚼。

當吞下口中那本該甜滋滋的鬆餅後，雷禮放下了刀叉，他盯著盤子裡的食物很久很久，都沒再動第二口。

雷禮用手掌遮著嘴，努力將口中的酸澀吞下，天知道他花費了多大的力氣才不讓自己在這間老舊的餐廳裡崩潰，哭得像個孩子一樣。

深吸了幾口氣，緩和情緒後，雷禮抬手叫了服務生。

「請幫我打包起來。」

留著大鬍子的卡車司機靠在黑色的轎車旁向裡頭的年輕男人搭訕，年輕男人有著一頭金髮，唇紅齒白，一張臉漂亮得像個女孩子一樣，就著麼孤單地一個人坐在車子裡。

最近出來賣身的年輕男人變多了，而有些人就是好這味。

卡車司機看到這麼一個漂亮的孩子，在大熱天裡獨自坐在車裡，伴侶還遲遲沒有出現，他還以為對方是被「客人」丟包了。所以他走向前，詢問自己是否可以和對方做點「交易」。

第一印象看起來並不差，年輕男人聽著他提出的交易並對他笑著，看上去彷彿非常有興趣。

然而當他繼續說下去後，他才發現原來年輕男孩並不是對著他笑，而是對著他身後的人笑。

「滾開，為了你的安全著想。」一道聲音出現在後頭，一把槍抵上了他的腦袋。

卡車司機轉頭，才看到面色不善的男人站在他背後，眼神冷漠，彷彿他再不離開他真的會開槍一樣。

很快的，卡車司機嚇得連滾帶爬地逃離了他們，臨走前還嘟囔了聲：「神經病！」

坐在車上的金髮男人笑得像隻偷腥的貓，他的視線鎖在提著餐盒坐上駕駛座的男人身上。「雷禮，你好慢，我在車上都快被蒸熟了。」

「真可惜，你沒被蒸熟。」雷禮的語氣嘲諷，但伊凡卻像是被逗樂了似地咯咯笑著。

「忌妒了嗎？你用槍指著那個人的模樣看上去真是可怕的迷人。」伊凡抽過雷禮的手親吻，對方十分不領情地抽了回去。

「你應該知道槍其實不是指著他的吧？」雷禮冷漠地回應。當他對那位卡車司機說「為了你的安全著想」，他是真的為了他的安全著想，可不是為了伊凡。

伊凡微笑，近乎迷戀地看著雷禮。「如果他不滾開，你會一槍轟掉我的腦袋嗎？」

「也許，你希望我這麼做嗎？」雷禮發動著他的車，對這話題似乎不太感興趣。

「也許，在未來的某一天……但不是現在。」伊凡語帶保留，他調整了一個舒服的姿勢窩進座椅裡，並且接過雷禮手中的餐盒。

伊凡將餐盒打開，用叉子插了塊鬆餅餵給專心開車的雷禮吃，雷禮皺了皺眉頭，但沒有拒絕。

「好吃嗎？」伊凡將食物放進自己嘴裡。

雷禮沉默了好長一陣子，才帶著沙啞的聲音回答：「很甜。」

「很好。」伊凡說，接著像和他像閒話家常般轉回了原先的話題。「你離開得太久，我還以為你要丟下我自己離開了。」

「我原先確實有這麼想。」雷禮不打算說謊。

「那是什麼讓你改變了想法呢？」伊凡又問。

雷禮聳聳肩，他不打算回答這題。「我認為你知道答案。」

「你害怕寂寞嗎？」伊凡刻意問，但雷禮顯然打定了主意不想再理他。

伊凡無趣地坐起身子，以迅雷不及掩耳的速度伸手拉過雷禮的衣服前襟，重重地給了他一記熱吻。

「你瘋了嗎？我在開車！」雷禮推開他的時候很生氣，車子在路上搖晃了一下。

「那麼接下來我們該怎麼辦呢？」伊凡得意洋洋地坐回位置上，欣賞著雷禮通紅的耳根。「像亡命之徒一樣一路在公路上逃跑，直到再也沒人能追上來？」

「或許。」

「那如果被抓到了呢？你要一人一槍轟掉我們的腦袋，漂亮地殉情？」

「大概。」

伊凡聳聳肩，他看上去很滿意雷禮的答案。「反正無論是哪種，我們都會在一起。」

雷禮瞥了對方一眼，他就知道對方早就很清楚答案是什麼了。

「但無論是在做哪種之前，你介意我們先把車開去荒郊野外一下嗎？」

「做什麼？」

「我想在車裡操你，迫不及待。」

「……別逼我現在就轟了你的腦袋。」

伊凡因為雷禮的話而笑出聲來，雷禮聽著對方的笑聲，麻癢的感覺爬上自己的肌膚和指尖，一陣一陣地顫慄著。

伊凡很清楚，無論他們未來的日子還剩多長，雷禮將跟他綁定在一起——因為他根本無法離開。

伊凡肯定很早就意識到了這件事。

在餐廳裡時，他餵了自己一口鬆餅，卻發現那本該甜膩的鬆餅苦得幾乎無法入口。可是當同樣一份食物由伊凡親手餵給他時，卻又是如此正常的甜蜜與鬆軟。

而雷禮卻直到那抹苦澀與甜膩在喉頭交錯散開時才意識到。

雷禮看了眼後照鏡內的自己，他恍惚間，彷彿也在鏡內的男人身後看到了伊凡口中所說的那雙翅膀，黑色而且雄壯的翅膀。

——《Caged 偏執迷戀》完

高寶書版集團
gobooks.com.tw

輕世代 FW230

Caged 偏執迷戀

作　　者　俺　爺
繪　　者　Ao-7
主　　編　謝夢慈
編　　輯　林雨欣
美術編輯　邱筱婷
排　　版　彭立瑋
企　　劃　姚懿庭

發 行 人　朱凱蕾
出　　版　英屬維京群島商高寶國際有限公司臺灣分公司
　　　　　Global Group Holdings, Ltd.
地　　址　臺北市內湖區洲子街 88 號 3 樓
網　　址　www.gobooks.com.tw
電　　話　(02) 27992788
電　　郵　readers@gobooks.com.tw（讀者服務部）
　　　　　pr@gobooks.com.tw（公關諮詢部）
傳　　真　出版部　(02) 27990909　行銷部 (02) 27993088
郵政劃撥　19394552
戶　　名　英屬維京群島商高寶國際有限公司臺灣分公司
發　　行　希代多媒體書版股份有限公司 /Printed in Taiwan
初版日期　2017 年 4 月

國家圖書館出版品預行編目 (CIP) 資料

Caged 偏執迷戀 / 俺爺著 .-- 初版 . -- 臺北市
: 高寶國際 , 2017.04-
　冊；　公分 . --

ISBN 978-986-361-401-2(第 4 冊 : 平裝)

857.7　　　　　106004810

三日月書版

三日月書版

GOBOOKS
& SITAK
GROUP©

GOBOOKS
& SITAK
GROUP©